KB151791

가을 여자

정성려 수필집

가을 여자

인쇄 2021년 12월 15일
발행 2021년 12월 25일

지은이 정성려
발행인 김희진

펴낸곳 북매니저
전북 전주시 완산구 매너머4길 26
전화 (063) 226-4321
팩스 (063) 226-4330
이메일 102030@hanmail.net

ISBN 979-11-92059-09-9 03810

값 15,000원

※ 이 책의 발간비 일부는 전라북도문화관광재단 지역문화예술 육성지원사업 보조금을 지원받았습니다.

가을 여자

정성려 수필집

도서출판 북 Book Manager 매니저

| 작가의 말 |

황혼

오늘따라 서쪽 하늘이 유난히 붉다. 하늘이 불에 타는 듯하다. 어둠이 걷히고 새벽에 뜨는 해는 아름답고 하루를 환하게 밝히고 서쪽으로 지는 해는 황홀하기까지 하다. 아무리 좋은 물감으로 유명한 화가가 그려도 이보다 곱지는 않을 것 같다. 세월은 빠르게 달려가고, 달리는 세월에 발을 맞추려니 마음이 급하다. 할 일은 많은데 내달리는 세월이 너무 아쉽다. 인생을 하루로 치자면 지금쯤 내 나이는 지는 해가 꾸며놓은 서쪽 하늘 황혼쯤일 것이다. 황혼길에 접어든 남은 인생을 가치있고 매력있게 지혜롭고 보람되게 살아보려 노력하고 있다.

가끔 젊은 날을 뒤돌아보면 못다 한 일과 후회스러운 일들이 밀물처럼 밀려와 아쉬움으로 가슴을 때린다. 중년을 넘어 예순을 한참 지난 나이다. 아등바등 사느라 옆을 돌아볼 새도 없이 내 앞길만 바라보고 살았다. 이기적인 삶이었다고나 할까? 딸자식이 손자손녀를 키우는 모습을 보면 내 딸들에게 사랑을 충분히 주지 못한 그때가 후회뿐이고 미안하기만 하다. 어렵게 살았지만 마음만은 항상 부자였다. 잘해주지 못하고 넉넉하지 못해 힘들었던 날도 오랜 세월이 지나고 나니 추억이 되었다. 묵묵히 지켜봐 준 남편과 부족했지만 서로 배려하고 이해하며 반듯하게 커준 딸들에게 항상 고마움을 느낀다.

나는 가을을 좋아한다. 파릇파릇했던 새순이 어느덧 알록달록 오색 단풍으로 변했다. 벌써 한 해가 빠르게 달려 늦가을까지 왔다. 내 인생도 지금처럼 가을의 끄트머리에 와 있다. 떠오르는 해보다 지는 해가 아름답듯 내 나이 황혼에서 노을처럼 아름답고 곱게 나이 들며 살리라

지난 추억을 꺼내고, 살아오면서 가슴에 묻어두었던 행복했던 순간들과 아픔을 글로 옮겨 보았다. 세 번째 수필집, 《가을 여자》 너그럽게 이해하고 읽어주셨으면 한다.

2021년 늦가을에

소양 **정성려**

차례

2부 오월에 반하다

3부 눈사람처럼

4부 동백을 바라보며

5부 눈은 그리움이다

선작(選作)

저자를 소재로 쓴 다른 작가의 글

1부
누름돌

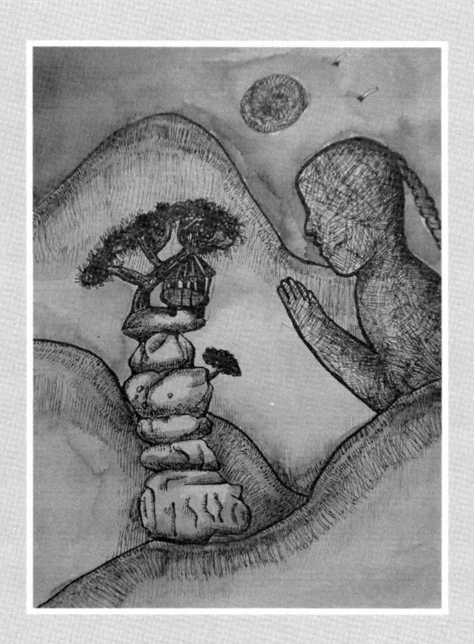

요즘 내 가슴에도 묵직한 누름돌이 하나쯤 있었으면 좋겠다. 이제부터라도 감정을 꾹꾹 눌러줄 수 있는 누름돌을 가슴에 품고 살아야겠다. 항아리 속의 시퍼런 오이를 지그시 눌러 삭혀서 깊은 맛을 내어 오이지로 탄생시키는 것처럼, 좋은 사람의 향기를 숙성시켜주는 누름돌 하나쯤 가슴에 꼭꼭 품고 살고 싶다.

■ 2018년 《전북도민일보》 수필 부문 신춘문예 당선작

누름돌

그런대로 아담하고 반질반질한 항아리 속에서 노란빛이 어린 오이지를 꺼냈다. 펄펄 뛰는 오이들을 사뿐히 눌러 진정시켜주던 누름돌을 들어내니, 쪼글쪼글해진 오이들이 제 몸에서 빠져나간 물에 동동 뜬다. 항아리 속의 오이는 볕이 들지 않는 음지에만 있어야 하기에 조금은 서먹하다. 누름돌 무게로 숨을 죽이며 제 몸속 물을 토해내고, 간기가 스며들면서 시간을 두고 서서히 숙성되어 짜릿하고도 오독거리는 맛을 낸다. 이렇게 숙성된 오이를 맛깔스럽게 썰어 참기름을 치고, 갖은 양념을 넣어 무치면 그야말로 침이 절로 돌며 식욕을 돋운다. 그래서 오이지는 여름

철 내내 우리 집 밥상에 빠지지 않고 오르는 밑반찬으로 각광을 받는다. 오이지는 우리 집 식구만 좋아하는 것은 아닐 것이다. 입맛이 없거나 시간에 쫓겨 바쁠 때는 찬물에 밥을 말아, 빠르고 간단하게 먹는 반찬으로 오이지가 제격이다. 아삭아삭 씹을 때마다 입안에서 나는 소리는 옆 사람까지도 입맛을 돋게 해주는 밥도둑이라 해야 맞겠다.

오랫동안 두고 먹을 수 있는 밑반찬이 어디 오이지뿐이겠는가. 깻잎이며 풋고추 등으로 장아찌를 담그자면 누름돌의 역할이 중요하다. 누름돌이 아니면 소금으로 간을 해서 물에 담아놓은 재료들이 동동 떠오를 것이다. 그러면 숙성시키지 못해 제맛을 낼 수가 없다. 이토록 깊은 맛을 나게 해주는 누름돌이야말로 단연코 우리 조상들에게 물려받은 지혜다.

음식 솜씨가 좋은 집에서는 대물림한 누름돌 한두 개쯤은 볼 수 있다. 우리 집에도 넓죽하고 반질반질한 모양의 크고 작은 동그란 누름돌이 여러 개 있다. 냇가에 갈 기회가 있을 때면 오이지나 장아찌 담을 때 좋겠다는 생각에 주워온 것들이다. 많은 비가 내려 큰물이 질 때면 물살에 떠밀려 이리저리 나뒹굴며 매끄럽게 갈아지고 널브러져 있던 돌에 불과했다. 하지만 나에게 선택되어 우리 집에 온 뒤, 그 쓰임새가 생겨 꼭 필요한 존재의 누름돌이 되었다.

어린 시절 우리 집은 할아버지를 비롯하여 온 가족이 다슬기탕을 유난히 좋아했다. 물이 깨끗하고 넓은 냇가가 집 앞에 있어서 그랬을까? 어릴 적 추억을 떠올리면 할머니께서는 집 앞 냇가에 다슬기를 잡으러 자주 가셨다. 다슬기를 잡아 돌아오실 때는 동그랗고 넓죽한 예쁜 돌을 하나씩 안고 오셨다. 나와 동생은 다슬기를 잡으러 가는 할머니를 따라 냇가에 가기라도 하면 모래로 집을 짓고 자갈과 돌로 담을 쌓는 소꿉놀이를 하며 놀았다. 예쁜 돌을 많이 주워 모아놓기도 했다. 할머니는 우리가 모아놓은 많은 돌 중에서 제일 맘에 드는 것 하나만 골라 집으로 들고 오셨다. 그런데 그 돌이 누름돌이었던 것을 그때는 몰랐다. 어디에 사용하려는 것인지조차도 몰랐다. 우리는 할머니 주위를 깡충깡충 토끼마냥 뛰어다니며 일상적인 놀이로 즐기며 놀았다.

누름돌이 재료를 지그시 눌러 음식의 맛을 나게 하듯, 사람에게도 묵직한 누름돌이 필요하다. 딸을 출가시킨 지금 돌이켜보니, 친정어머니는 묵직한 누름돌을 늘 가슴에 품고, 힘들고 어려웠던 삶을 누르고 삭히며 살았던 것 같다. 아니, 우리 어머니뿐만 아니라 그 옛날 어머니들은 모두 그랬으리라. 여자이기에 학교를 모르고 살았으니 교과서에서 배운 것도 아니다. 그렇다고 어느 누가 가르쳐준 것도 아니다. 오롯이 가정의 평화와 화목을 위해 당신 스스로 자신을 꾹꾹 누르고 희생하며, 어렵고 힘든 시대를 견디어 냈다. 누름돌을 가슴에 안고 그 무게로 누르고 삭히며 살았던 것이다.

친정어머니는 내 삶의 지침이었다. 좋은 일이 있을 때나 어렵고 힘든 일이 있을 때면 항상 친정어머니가 생각난다. 좋은 일이 있을 때는 환한 미소를 띤 모습으로 나타나신다. 힘들고 어려운 일이 있을 때는 묵묵히 참으며 지혜를 짜내어 기어코 극복하시던 진정한 승리의 모습으로 동그랗게 내 가슴에 떠오르며 누름돌 하나를 안겨주신다.

아버지는 암으로 투병하시다가 할아버지와 할머니, 어린 6남매 그리고 많은 농사일까지 친정어머니의 몫으로 맡기고, 너무도 서운한 나이 60세에 무정하게 하늘나라로 가셨다. 그 후 3년 뒤, 할머니도 자식을 가슴에 묻고 살기가 힘이 드셨던지, 기력을 잃고 시름시름 앓다가 유명을 달리하셨다. 결국 홀며느리가 홀시아버지를 모시고 자식 6남매를 가르치며 살아야 했다. 할아버지도 90세가 되면서 서서히 치매가 오기 시작했다. 그런데 친정어머니는 힘든 상황에서도 할아버지는 치매가 아니라는 것이다. 나이가 들면 그러는 거라며 나이 탓으로 돌렸다. 할아버지께서는 세월이 갈수록 자식과 손자들도 몰라보셨다. 치매를 앓는 할아버지를 모시는 일은 무척이나 힘들었을 것이다. 아버지도 안 계신 상황에서 할아버지를 수발하느라 얼마나 힘이 부치셨을지 짐작이 간다. 그래도 내색 한 번 하지 않고 당신의 멍에로 생각하고 자식들의 등불이 되어 주며, 꿋꿋하게 자리를 지키셨다. 내가 역경에 처할 때마다 친정어머니의 삶을 떠올리면 힘들게 느껴지던 고통의 무게가 조금씩 가볍게 줄어든다. 게다가 이겨 내야겠다는 용기까지 얻는다.

아버지의 몫까지 오래 사실 줄 알았던 친정어머니는 몸과 마음이 좀 편할 때쯤, 75세로 생을 마감하셨다. 친정어머니가 돌아가신 뒤, 유품을 정리하면서 장롱 속에 묻혀 있던 효행 상장을 발견했다. 각각 다른 단체에서 수상한 것으로 4개가 있었다. 정말 대단한 일이며 가문의 얼이다. 그런데 그동안 우리 자식들은 친정어머니께서 시장에 서너 번 다녀온 것쯤으로 아무렇지 않게 흘려버렸고, 의미도 크게 몰랐다. 자식이라면 부모님께 당연히 해야 한다는 도리로 생각하고 있었다. 치매를 앓던 할아버지는 며느리가 농사일 관계로 옆집에 잠시 들려야 하는 틈조차 주지 않았다. 하물며 마을단합대회에 가는 것은 엄두도 못 낼 일이었다. 이토록 암울한 상황에서도 참고 견디며, 시집을 온 후, 50년 넘게 시부모를 모시고 사셨던 친정어머니다. 할아버지께서 오래 사시다가 97세에 돌아가셨는데도, 두고두고 잘못했던 일만 생각난다며 슬퍼하던 친정어머니의 모습은 결코 잊을 수가 없다. 친정어머니이기에 해냈으리라. 사람이 부대끼면서 미운 정과 고운 정이 든다던데, 친정어머니는 할아버지와 고운 정만 들었던 걸까? 그런데 난 그토록 지고하신 친정어머니를 닮지 않았나 보다. 시어머님을 모시고 살면서 얼마나 힘들어했던가? 시어머님이 건강하실 때는 느끼지 못했던 일들이 중풍과 치매를 앓으면서 짜증스러웠다. 본의 아니게 엉뚱한 일을 저지르는 시어머님을 끌어안고 펑펑 울기를 수도 없이 했었다. 막내인 우리 부부가 책임을 떠맡은 것 같아 가슴앓이를 많이 했다. 지금 생각하니 시어머님을 모시고 살았던 것이 덕이 되었고, 곱고 바르게 자란 딸

자식들에게는 산교육이 되었으련만, 그때는 나만 힘든 것 같아 내 처지를 한탄했다. 힘들어했던 그때가 부끄럽고 창피하기만 하다. 어찌 내게는 가슴을 누르고 삭혀주는 누름돌이 없었던가.

우리의 전통적 토속음식은 대체로 장시간 삭혀서 맛을 낸다. 시간이 흐르면서 곰삭아 깊은 맛이 들고 발효되어 양약보다 더 좋은 효능을 인정받지 않던가.

요즘 내 가슴에도 묵직한 누름돌이 하나쯤 있었으면 좋겠다. 이제부터라도 감정을 꾹꾹 눌러줄 수 있는 누름돌을 가슴에 품고 살아야겠다. 항아리 속의 시퍼런 오이를 지그시 눌러 삭혀서 깊은 맛을 내어 오이지로 탄생시키는 것처럼, 좋은 사람의 향기를 숙성시켜주는 누름돌 하나쯤 가슴에 꼭꼭 품고 살고 싶다.

신춘문예 당선소감

오늘도 어김없이 고객님과의 약속시간에 맞춰 충실히 맡은 일을 해내고 있을 때 전화벨이 울렸다. 낯선 번호였다. 조심스럽게 받았다. 《전북도민일보》라고 밝히며 신춘문예 당선 소식을 전해주었다. 예상하지 않았던 일이다. 순간 뛸 듯이 기뻤다. 하지만 기쁨을 표현할 수가 없었다. 흥분된 감정을 누르며 차분하게 전화를 받았다. 그랬더니 기쁘지 않으시냐고 했다. 어찌 기쁘지 않겠는가. 상황이 그래서 기쁜 감정을 누르고 있었을 뿐이었다.

하던 일을 마치고 이 기쁜 소식을 남편과 딸들에게 먼저 알렸다. 그리고 육 남매 내 동생들과 좋은 일, 힘든 일을 공유하는 단체 카톡 방에 올렸다. 딸들과 동생들의 축하 메시지가 다발적으로 한꺼번에 쏟아졌다. 기쁨에 눈물이 두 볼을 타고 자꾸 흘러내렸다. 엄마 생각이 앞섰다. 동생들도 기쁜 소식에 나처럼 돌아가신 엄마 생각이 먼저 난 모양이다. 카톡 내용에서 그렁그렁 눈물 맺힌 동생들의 모습이 선하게 떠올랐다. 작은동생은 당장 엄마 산소에 가서 기쁜 소식을 전해드리고 오겠다고 했다.

우연한 기회에 수필을 알게 되었다. 수필은 내 인생 봄날의 시작이었다. 수필을 배우겠다고 평생교육원의 문을 들어서고 오랜만에 쓴 첫 작품에 문우님들께서 칭찬을 많이 해주셨다. 첫 작품이 제대로 된 수필도 아니었지만 칭찬을 아끼지 않았다. 그때부터 열정이 생겨 일기 같은 어설픈 수필을 마구 썼다. 지금 생각하면 부끄럽다. 그러다 보니 어느 순간 누에고치처럼 내면의 실을 줄줄 풀어내고 있었다. 그렇게 쓰기 시작한 글이다. 문우님들 칭찬의 힘이었다. 칭찬의 힘이 이렇게 크다는 걸 느꼈다. 한때 다른 일에 치우쳐 바쁘다는 핑계로 수필을 쓸 생각도 않았던 때도 있었다. 수필을 알게 되어 노후에 수필 세상에서 즐겁게 살 수 있게 되어 얼마나 기쁜지 모른다.

이 자리에 오기까지 많은 분들의 힘이 있었다. 믿고 지켜준 든든한 버팀목 남편, 넉넉하지 못해 부족하기만 했을 터이지만 반듯하고 착하게 커준 네 딸들, 변함없는 애정으로 서로 의지가 되었던 동생들이 있었기에 가능했을 것이다

지금은 하늘에 계시지만 누름돌의 수필을 낳게 한 시어머님과 친정어머니께도 감사드리고 싶다. 아마도 하늘에서 지켜보고 계신다면 무척이나 흐뭇해하실 것이다.

항상 응원으로 힘이 되어주신 분들과 가슴 벅찬 기쁨을 함께 하겠습니다.

그리고 함께 공부했던 교수님과 문우님들께도 감사드립니다. 부족한 글이지만 뽑아주신 《전북도민일보》 신춘문예 심사위원님께도 감사드립니다. 제가 모든 분들께 보답하는 일은 문학 마당에서 더 격조 있는 수필을 쓰는 일이라고 생각합니다. 더 열심히 노력하겠습니다.

신춘문예 당선 후기

태어나서 제일 많이 축하를 받은 것 같다. 아니 특별히 내 개인적인 일로 축하 받을 만한 큰일이 없었다. 《전북도민일보》 1월 2일자 지면에 2018년 신춘문예 당선자와 당선작이 발표되자 여기저기서 축하전화가 오고, 문자메시지와 카톡이 줄을 이었다. 제일 먼저 문우님들의 축하 문자가 아침 일찍부터 속속 도착했다. 그분들도 정성껏 집필하여 응모하고 발표가 있는 이날을 기다리고 있었을 것이다. 응모하지 않으신 분들도 신춘문예 당선의 영광을 안은 사람이 누구인지 궁금했을 것이다. 그러기에 아침 일찍 새해 첫 신문을 기다렸고, 신문을 펼치며 신춘문예 당선작 발표 지면을 찾아 한 장 한 장 넘겼을 것이다. 축하를 받으면서도 한편 미안했다. 나보다 능력 있고 연세도 높으신 문우님들이 직접 전화를 주셨고, 진정 어린 축하의 말씀을 해주셔서 우쭐함보다 미안한 마음이 앞섰다.

여기저기 모임 단체의 카톡 방에, 먼저 신문을 본 회원들이 당선 소식을 올리고 축하의 글들이 톡톡 올라왔다. 신문을 보고 알았다며 어릴 적 한교실에서 공부했던 친구도 수소문해서 연락처를 알아내어 전화를 주었다. 이름은 알 것 같은데 사진으로는 너무 변해 몰라보았다고 했다. 설마하면서 소식을 주고받으며 지내는 친구에게 물어보고서 나인 줄 알았다고 했다. 그날은 답장하기에 무척 바쁜 날이었다.

동생들도 당선 소식을 듣고 신문에 실린 당선작 〈누름돌〉을 읽고 엄마 생각에 눈시울을 적셨을 게 분명하다. 하늘보다 높고 바다보다 깊은 어머니의 마음과 지고한 성품으로 가정의 화목을 위해 헌신하신 모습을 생생히 알기에 눈물을 흘리지 않을 수 없었을 것이다.

기대를 안 했다면 그것은 본심이 아니라 겸손일 터이다. 그냥 도전해보자는 마음으로 마감이 코앞으로 다가와서야 마음을 굳히고 원고를 챙겨들고 우체국으로 갔다. 그 뒤 신춘문예는 뇌리에서 사라지고 일상에서 열심히 뛰었다. 12월 27일 여느 때와 똑같이 직장에서 근무에 충실하고 있었다. 전화벨이 울렸다. 전화기 화면에 《전북도민일보》라고 쓰여 있었다. 기사거리가 있어 궁금한 점이 생겨 전화했거니 하고 받았다. 평소에도 내가 사는 송천2동에 좋은 일들이 가끔 신문에 실렸고, 내가 속한 단체의

봉사 내용도 실렸기에 순간 떠오른 생각이다. 그런데

"이번 2018년도 신춘문예에 당선되었습니다. 오늘 중으로 당선 소감을 써서 보내주세요."

라고 했다. 그때서야 보낸 원고 생각이 떠올랐다. 정말 기뻤다. 순간 엄마의 모습이 환하게 웃으며 떠오르고 시야가 흐릿해졌다.

당선수필 〈누름돌〉을 읽고 독후감을 보내주신 분도 계시고, 글을 읽고 코가 멍멍해지면서 울지 않을 수 없었다고 말해주는 분도 계셨다. 살아계실 때 잘해드려야겠다는 생각이 들어 부모님을 찾아뵈었다는 친구도 있었다.

이제 첫아기를 낳아 돌도 지나지 않았으니 부모님의 사랑을 조금씩 알아가는 어느 젊은 고객이 있다. 여자는 결혼해서 아기를 낳아보아야 부모의 마음을 안다고 했으니 이제야 철이 든 모양이다. 〈누름돌〉을 읽었다며 문자 메시지를 길게 적어 보내 주었다.

"저희 엄마도 친할머니 중풍으로 고생을 많이 하셨어요. 글을 읽으면서 저희 엄마 생각도 나고 사소한 것에 감정이 소용돌이치는 제 자신에 대해 반성했어요. 〈누름돌〉을 가슴에 새기며 좀더 의연하게 생활해 보도록 노력해야겠어요. 선생님 덕분에 오늘 엄마랑 함께 〈누름돌〉에 대해서 다시금 이야기해보는 기회를 가질게요. 감사합니다. 너무 멋지세요.~~~ 다시 당선을 축하합니다."

이렇게 뭉클한 내용을 적어 보내주었다. 수필은 독자에게 감동을 주는 글이라고 했다. 내가 쓴 글을 읽고 감동했다는 말을 들을 때 무척 기뻤다.

〈누름돌〉을 쓰면서 나도 많이 울었다. 친정엄마께는 잘해드리지 못해 죄스러웠고, 시어머님께는 잘못해드려 반성을 하며 쓴 글이다. 친정엄마는 조금 더 잘살면, 지금보다 더 잘살면 잘해드려야지 하고 매사 미루고 또 미뤘다. 건강하신 편이라 백 살쯤은 무사히 사실 것으로 여기고 소홀히했다. 효도를 하려고 해도 부모님은 기다려 주지 않는다고 했던가? 그 말을 왜 깨닫지 못했는지 미련한 내 자신을 책망하기도 했다. 시어머님은 우리가 결혼했을 때 70세였다. 남편이 막내이다 보니 손주 며느리로 착각한 사람들도 있었다. 어머님이 42세에 남편을 낳으셨다니 그렇게 보일 수도 있을 게다. 막내지만 최선을 다해서 마음 편하게 해드리는 것이 효도라고 생각하고, 편하게 해드리려고 노력하며 살았다. 고부간의 갈등을 모르고 살았다. 어머님이 우리 부부를 배려하고 이해해 주신 덕이다. 그렇게 26년을 함께 살다가 96세에 하늘나라로 가셨다. 그랬는데 돌아가시고 나니 잘못했던 일만 생각나고, 오랜 기간 마음이 아팠다. 중풍과 치매가 오기 전, 잔잔하게 집안일을 도와주시고 넷이나 되는 손녀들을 끔찍이 생각하며 돌보아주셨다. 손자를 기다리는 마음도 있을 테지만 한 번도 손자에 대해 내 마음을 아프게 건드려 본 적도 없는 분이다. 손녀들에게 큰 사랑을 주셨다. 좋으신 시어머님과 친정엄마가 계셨기에 〈누름돌〉이란 수필을 낳을 수 있었고, 당선의 영광을 안을 수가 있었다. 두 분의 어머님 덕이다. 아마 하늘에서 보고 계신다면 무척이나 흐뭇해하실 것이다.

신아문예대학 강의실과 교문 앞에 당선 축하 플래카드가 걸려 있다. 너무 세심하게 신경을 써주신 문우님들과 신아문예대학에 감사드린다. 내 고향 소양면 소재지에도 길을 가로질러 플래카드가 높이 걸려 있다고 소양에 사는 몇몇 고향 친구들이 소식을 전해주었다. 소양면부녀회에서 걸어준 거라며, 자랑스럽다고 너스레를 떤다. 동생이 소양면장으로 있기에 더 세심하게 신경을 썼는지도 모른다. 더 열심히 하라는 응원이라 여긴다. 앞으로 독자들에게 감동을 주는 더 품격 높은 글을 쓰도록 노력해야겠다.

(2018. 1. 20.)

만학도의 꿈

청운의 큰 꿈을 안고 입학을 한 것은 아니다. 벌써 3년이라는 세월이 훌쩍 지나 졸업식을 맞게 되었다. 교문 앞에는 팔려 나온 꽃들로 화려하다. 온실에서 자라 갑자기 바깥 추운 날씨에 몸서리치게 추울 것 같다. 꽃을 고르는 사람들의 손과 찾아온 손님을 놓치지 않으려는 꽃장수의 손은 아랑곳하지 않고 바쁘게 움직인다. 추운 날씨에도 졸업을 축하해 주기 위해 가족, 친지 지인들과 후배들이 졸업식장을 가득 메웠다. 서울에서 공직에 근무하는 큰딸이 휴가를 내고 내려왔다. 누나가 일찍 가방을 내려놓은 것에 제일 마음 아파했던 큰동생도 찾아주었다. 든든한 나의 힘이 되어 주는 가족들이 함께해서 더 좋았다. 졸업식장엔 선물과 꽃다발을 들고 축하하기 위해 찾아온 사람들이 졸업생 못지않게 많고 기뻐하며 환한 모습들이다. 졸업생들이나 축하객 모두 어느 졸업식과는 사뭇 다른 느낌일 게다.

내 나이 59세, 처음 입학전형 서류를 들고 전주여자고등학교 교문을 들어서던 날, 설렘과 두려움으로 가슴은 쿵쾅쿵쾅 얼마나 뛰었는지 모른다. 친구의 권유로 방송통신고등학교를 알게 되었고, 나는 조금의 망설임도 없이 입학을 결정했다. 왜 내가 이 생각을 못했을까? 그토록 나의 수치로 생각하고 가슴앓이했던 학력 미달이었는데…….

이제는 솔직히 고백한다. 학력 위조를 많이 했다. 부당이익을 취하려는 것은 아니었다. 차마 부끄러워 내놓을 수 없는 중졸의 학력은 정말 나의 속살을 내보이는 것처럼 부끄러웠다. 무시당할 것만 같은 자격지심이었다. 어디에서나 학력을 우선으로 보는 경향이 많아서였다.

딸들이 초등학교에 입학하면서부터 나의 학력 위조는 시작되었다. 가정 통신란에 빠짐없이 적어야 하는 부모 학력. 이름, 전화번호, 주소, 주민번호까지 자신 있게 써내려가다가 부모 학력란에서 주춤거리고 손이 떨렸다. 그때만 해도 주민번호 뒷자리까지 두려움 없이 썼던 때였다. 망설이고 망설이다가 떨리는 손으로 '고졸'이라고 쓰고 마무리를 했다. 지금까지 20년 넘게 다니는 회사에 입사할 때도 학력 제한이 고졸이었다. 그래서 그때도 이력서에 고졸이라고 기재했다. 중졸이었어도 우수한 실적으로 인정받고 있다. 그 뒤, 사회생활을 시작하면서 이력서를 제출

할 기회가 더러 있었다. 마을 통장이나 봉사단체 이력서에도 최종 학력을 써야 했다. 그때마다 나의 학력은 고졸이었다. 이제 기죽을 일없이 나의 학력은 떳떳한 고졸이다. 벌써 3년이 지나 졸업하게 되니 한편 아쉬움과 서운함 그리고 자신감으로 뿌듯하게 졸업장을 받게 되었다. 졸업하기까지는 배움의 기회를 협조해 준 남편과 딸들 그리고 말없이 응원해 준 동생들의 힘이 컸다. 조금이라도 상처가 될까 봐 말씀 한마디라도 조심하며 불편함이 있을까 봐 노심초사 신경을 써주신 선생님들의 배려와 특별한 관심 또한 큰 힘이 되었다. 교장 선생님과 모든 선생님들께 고개 숙여 진심 어린 감사를 드린다.

입학식이 있던 날, 어릴 적 소풍가는 날에 잠을 설치듯, 거의 뜬눈으로 밤을 보냈다. 새벽에 일어나 10대가 되어 설렘과 들뜬 기분으로 첫 등교를 했다. 운이 좋았던지 입학생들과 많은 선생님들 앞에 나가 입학생 대표로 선서를 하게 되었다. 입학식을 마치고 두 반으로 나누어 교실로 왔지만 모두가 낯설고 서먹서먹했다. 입학식에서 선서를 한 덕으로 전혀 모르는 사람끼리 모여 학급의 간부를 뽑는 시간에 실장이 되었다. 지난날 열심히 공부해야 할 나이에 학업의 기회를 놓친 아픈 사연들을 가슴에 안고 만난 학우들이다. 그래서 동질감을 느끼며 10대에서 70대까지 고르지 못한 나이지만 서로 이해하고 빨리 가까워질 수가 있었다. 각자 하는 일이 있고 가정 살림을 하는 학우들이라 일요일에 학교에 다니는 일은 쉽지 않았을 것이다. 일요일이면 산에서 바다에서 부르는 유혹을 뿌리치고 일주일 동안의 피곤을 이기고 멀리 부안, 남원, 김제, 군산, 익산에서 새벽에 학교에 오는 열의는 대단했다. 모두 배움에 대한 간절함이 있었기 때문이었을 게다. 아쉽게도 어려움을 견디지 못하고 중간에 포기하는 학우들도 있었다. 배움에 대한 간절함이 부족한 탓이었을까? 아니면 학력 미달에 대한 상처가 깊지 않아서일지도 모른다.

수업에 흥미를 느끼고 학우들 간에 많은 걸 공유하며 재미가 쏠쏠해졌다. 짧은 기간인 것 같지만 참 많은 기억들과 추억이 한데 섞여 마음이 뭉클했다. 교실 안에서 서로 간의 우정을 다질 수 있었고 체육대회나 소풍의 즐거운 추억도 많이 만들 수 있었다. 때론 졸린 눈을 비비며 선생님의 말씀 하나하나 놓치지 않으려고 했던 그 시간들이 모두가 보람이었다. 소중한 기억으로 최고가 아니더라도 최선을 다하는 법을 배웠다. 학업의 기회를 놓친 사람들에게 좋은 기회를 만들어 주셔서 감사할 뿐이다. 새로운 삶에 가치를 정립하는 잊을 수 없는 시간들이 된 것 같다. 또한 학우들을 통해 다른 곳에서는 배울 수 없는 사랑과 정을 배웠다. 아직도 많이 모자란 우리의 모습에 졸업은 서운함과 아쉬움이 컸다.

"꿈을 논하는 사람이 아니라 꿈이 되어야 한다. 푸념을 늘어놓는 사람이 아니라 그것을 담는 큰 그릇이 되어야 한다." 늦게나마 우리를 자랑스럽게 만든 선생님의 말씀은 가슴에 깊이 남아 있다.

수치심을 떨쳐버리고 자신감이 생겼다. 어렵게 공부하여 졸업을 하고 보니 지난날의 망설임이 모두 기우에 불과했다. 늦었지만 지금이라도 꿈을 실현하게 되어 얼마나 기쁜지 모른다. 문학마당에서 더 격조 있는 수필을 쓸 수 있는 역량을 기르고 싶다. 인생은 짧다고 하지만 꿈을 꾸고 그 꿈을 이루기에는 지금도 늦지 않았다고 본다. 울고 웃으며 진지하게 배운 것들이 마음 항아리에 주춧돌이 되어 살아가는 데 큰 지침이 될 것이리라. 이제는 학력 미달로 기죽지 않고 언제나 희망을 갖고 노력하는 사람으로 화려하지 않아도 오랫동안 빛나는 그런 사람으로 당차게 설 것이다.

수지맞은 날

주인을 닮아 욕심이 많은 걸까? 처마 밑에 한 뼘의 둥지를 짓고 사는 우리 집 제비는 햇빛이 화사하게 퍼지는 봄날, 강남에서 돌아왔다. 무더운 여름까지 욕심스럽게 두 번씩이나 알을 낳아 새끼를 부화시켰다. 봄에 태어난 새끼들은 별일 없이 순조롭게 잘 커서 언제 떠난지도 모르게 훌쩍 떠났다. 뒤이어 수컷으로 보이는 한 마리가 둥지를 떠나지 않고 주변에서 배회하며 지키고 있었다. 어미 제비가 또 알을 낳아 품고 있었던 것이었다. 2주 정도 지났을 즈음 둥지를 나온 어미 제비가 먹이를 물고 분주하게 둥지를 들락거리더니 며칠 뒤 새끼 5형제가 둥지 위로 노란 부리를 내밀고 올라왔다. 여름에 태어난 새끼들은 강한 햇볕에 달궈진 지붕의 열기와 한낮 이글거리는 콘크리트 마당의 열기로 좁은 둥지에서 부대끼며 무척이나 더웠을 것이다. 그래서 둥지를 박차고 세상 밖으로 훨훨 날고 싶은 충동이 일어난 걸까? 여물지 않은 노란 부리를 내밀고 어미가 나르는 먹이를 받아먹는 귀여운 모습을 보며 며칠은 더 지나야 날겠지 싶었다. 그런데 짧은 장마가 지나고 유난히 극심하고 기록적인 폭염에 새끼 제비들이 견디지 못하고 둥지 탈출을 시도한 모양이다. 4형제는 다행히 높이 날아 전깃줄에 나란히 앉아 있었다. 그런데 5형제 중에서 제일 못난이로 보이는 한 마리가 높이 날지 못하고 마당에 주저앉고 말았다.

염소 뿔도 녹는다는 대서, 전주 지방의 최고 기온은 36.3도까지 치솟았다. 푹푹 찌는 더위에 지쳐가는 것은 사람뿐이 아니다. 불볕더위 속에서 식물이나 작은 생명들도 사투를 벌이고 있다. 목줄에 묶여 사는 우리 집 지킴이 세월이가 여느 때와 다르게 갑자기 앙칼지게 컹컹 짖어댄다. 뭔가 심상치 않은 일이 발생했다는 걸 짐작하고 얼른 베란다로 나가 보았다. 마당에서 새끼 제비와 길고양이가 대치하는 초유의 사태가 벌어지고 있었다. 마당에 주저앉아 힘겹게 날갯짓을 하며 날아보려고 애쓰는 새끼 제비와 어디선가 나타난 길고양이가 맞닥뜨린 것이다. 순식간에 천적을 만난 새끼 제비는 얼마나 무섭고 당황했을지 짐작이 간다. 위험에 처한 광경을 본 어미 제비는 큰 소리를 내며 구조 요청을 하는 건지, 아니면 힘내라고 새끼 제비를 응원하는 건지 요란하게 마당을 쏜살같이 이리저리 날아다녔다. 어미 제비인들

길고양이를 이길 수는 없다. 물론 날지 못하는 새끼 제비도 길고양이의 적수가 되지 못했다. 맛있는 먹거리를 발견한 길고양이가 새끼 제비를 날름 잡아 도망갈 찰나에 나에게 발견되어 내 고함소리에 놀라 뒷걸음질을 쳤다.

내가 집에 없었더라면 길고양이는 도랑 치고 가재를 잡듯, 쉽게 목적을 달성했을 것이다. 날지 못하는 새끼 제비는 길고양이와 맞닥뜨린 순간 살기 위해 퍼덕이며 있는 힘을 다해 보았지만 날지 못했다. 어쩜 허무하게 길고양이의 먹잇감이 되었을지도 모른다. 위험을 모면한 놀란 새끼 제비는 계속 날갯짓을 하며 날아보려고 안간힘을 쓰고 있었다. 둥지에 다시 넣어줘야겠다는 생각으로 새끼 제비가 있는 쪽으로 다가가는 순간 힘차게 날아 4형제가 앉아 있는 전깃줄에 안전하게 앉았다. 5형제가 다시 모였다. 구사일생으로 길고양이의 먹잇감이 되지 않고 살아서 다행이었다. 어찌할 바를 모르고 새끼 제비를 보호하기 위해 찍찍거리며 새끼 주변을 빙빙 돌던 어미 제비의 모성애에 한편 놀랐다. 아마 내년에 금은보화가 들어 있는 박씨는 아니어도 향긋한 봄 소식을 입에 물고 분명히 다시 찾아올 것이다. 마침 토요일이라 집에 있었기에 다행히 새끼 제비를 잃지 않았다. 정말 오늘은 수지맞은 날이다.

어느 시골 장날의 풍경

며칠 그러다가 사라질 줄 알았다. 모든 방송사에서는 연일 코로나19를 톱뉴스로 다루며 국민들의 협조를 당부했다. 여기저기서 무더기로, 또는 산발적으로 쏟아지는 코로나19 확진자의 수를 방송이나 인터넷을 통해 들으며 전 국민이 불안에 떨어야 했다. 손 씻기, 마스크 쓰기를 외치며 사회적 거리 두기를 강조하고 급기야 축제와 행사, 크고 작은 모임 금지, 외출까지 삼가해달라는 호소력 있는 뉴스를 쏟아내고 있다.

갑작스레 마스크 전쟁도 일어났다. 세상을 발칵 뒤집어놓은 듯했다. 추운 새벽부터 마스크를 사려는 사람들로 약국 앞은 길게 줄을 이어 몇 시간을 꼼짝없이 서서 기다리고 있다. 마스크가 턱없이 부족하여 사재기를 막기 위한 2부제 시행으로 수량을 정해 놓고 판매하는 상황까지 이르게 되니 불안하기 짝이 없었다.

처음엔 몇 해 전, 사스나 메르스 바이러스처럼 단기간 힘을 못 쓰고 쉽게 사라질 거라고 대수롭지 않게 생각했었다. 그런데 코로나19는 급속도로 온 나라에 무섭게 퍼졌고 전 세계까지 재난으로 이어졌다. 오래전에 무서워 떨면서 보았던 좀비 영화를 보는 것 같았다. 자고 나면 여기저기서 확진자 수가 늘어가고 청정지역이라고 안심하고 있던 곳에서도 감염의 원인을 모른 채 확진자가 나오는 사태까지 벌어졌다.

나는 방문판매에 속하는 대기업 환경제품 서비스를 하는 일에 종사하고 있다. 우리 회사 제품을 사용하는 고객 댁을 주기적으로 방문하며 매일 서비스를 하러 다니는 일이다. 이런 상황에서 우리 회사는 발 빠르게 대처하며 모든 교육이나 미팅 등을 중단시키고 소인원으로 직원들이 모여 식사하는 것까지 금지시켰다. 미팅이나 교육은 영상을 통해 화상으로 진행했다. 먼 미래의 꿈 같은 일이 현실이 되었다. 어린 시절에 선생님께서 미래에는 화상으로 회의를 하며 재택근무를 하고, 화상으로 공부하는 시대가 올 거라고 했다. 어릴 적에는 먼 나라 이야기라고 생각하고 이해가 되지 않았고 설마 그러랴 했었는데, 그때 선생님이 말씀하신 먼 훗날 미래가 50년이 지난 지금 현실로 다가온 것이다.

코로나19 사태가 일어나자 회사에서는 빠르게 방역수칙 지침을 내렸다. 15,000명이나 되는 가가호호 방문 서비스 직원이 있지만, 전국에서 확진자가 한 명도 나오지 않았다. 앞으로도 계속 철저히 안전 수칙을 지켜야 한다며 실천을 강조하고 또 강조했다.

눈으로 보이는 현실들은 참으로 두렵기까지 했다. 우리 마을에서 그다지 멀지 않은 곳에 물건을 사고 팔려는 사람들이 많이 모이는 5일 장터가 있다. 5일에 한 번씩 장이 서는 곳이다. 물건들이 대체로 싸고, 채소나 생선도 싱싱하여 장날을 기다리며 자주 이용한다. 추석 명절을 앞둔 대목장이라 많은 사람들로 붐빌 줄 알았다.

비가 오나, 눈이 오나 5일마다 장이 서기에 이날을 기다리는 시골 아낙네들이 많다. 모처럼 일손을 놓고 삼삼오오 모여 5일장에 나와 필요한 물건을 사고 단골식당에서 국밥 한 그릇씩 앞에 놓고 수다를 떨기도 한다. 나도 파장이 되기 전에 가볼 요량으로 서둘러 하던 일을 마치고 나섰다. 멀리 보이는 동쪽 높은 산은 검은 구름이 산허리를 휘감고 소나기를 퍼붓고 있는 것 같았다.

다행히 내가 찾은 5일 장터는 햇볕이 쨍쨍 내리쬐고 있었다. 장터는 너무나 한산했다. 장날이 맞는 걸까? 내가 장날을 착각했나 싶어 멍하니 서서 날짜를 생각해 보았다. 분명히 장날이 맞다. 북적거려야 할 장터는 너무 한산했다. 파장이 될 무렵이면 장사꾼들은 물건을 다 팔고 가려고 목소리를 높여 "떨이! 떨이!"를 외치며 호객을 한다. 좋은 물건을 싸게 사려는 사람들이 많이 몰려 아수라장 같은 시간인데 장터는 썰렁했다.

몹쓸 코로나19가 시골 장터까지 파고들어 영향을 미친 탓이다. 얼마 전 이곳에 확진자가 다녀갔다는 말이 퍼지기도 했었다. 장터가 한산한 이유였다. 사회적 거리 두기 2단계를 넘어서서 외출이나 활동하기가 무척 신경이 쓰이는 시기다. 코로나19는 이렇게 시골 장날까지 영향을 미쳐 장날의 풍경이 예전과는 완연하게 달랐다. 손님이 없는 장터는 괴괴했다.

어쩌다 지나가는 손님과 눈을 맞추려고 빤히 바라보지만 손님은 장사꾼의 마음을 알 리가 없다. 발걸음을 멈추기는커녕 물건에 눈길도 주지 않는다. 시들어가는 채소만 만지작만지작 위아래를 바꿔 놓고 싱싱하게 보이려고 손을 놀린다. 금방이라도 눈을 번쩍 뜨고 벌떡 일어날 것 같은 싱싱하던 생선도 생기를 잃고 눈은 흐릿해져 축 늘어져 있다. 가는 손님을 잡아 보려고 가격보다 싸게 소리쳐 보지만 괜스레 헛수고다. 코로나19 때문에 힘들지 않은 사람들이 없다. 마음이 아프다.

지난 봄날, 초등학교 앞을 지나가다가 우연히 교문 앞에 걸어 놓은 현수막이 눈에 띄었다. '너희들이 와야 학교는 봄날, 보고 싶다.'라고 쓰여 있었다. 선생님들이 걸어 놓은 것이다. 문구를 보고 한동안 가슴이 먹먹했다. 학생이 주인인 학교에 학생이 없고, 아이들이 뛰어 놀아야 할 운동장이나 교실이 텅텅 비어 있으니 안타깝기 그지없다. 선생님도 아이들도 얼마나 보고 싶고 만나고 싶으면 이런 문구를 써서 걸어 놓았을까 싶어 짠했다.

둘째 딸 가족은 경기도 부천에 살고 있다. 손녀가 올해 초등학교에 입학할 시기가 되었다. 그런데 축하를 받아야 하는 입학식도 못하고 담임 선생님의 얼굴도, 친구들 얼굴도 모르고 지내다가 겨우 일주일에 한 번씩 등교를 한다. 등교를 안 하는 4일은 집에서 온라인 수업을 한다고 한다. 등교를 해도 친구들과 이야기도 못하고 칸막이까지 한 교실에서 공부만 하고 온다고 했다. 마스크를 벗으면 안 되기에 친구들 얼굴도 제대로 모르는 상황이라고 했다. 어린 손녀가 오죽 학교에 가고 싶었으면 "코로나 부셔버리고 싶다."고 말했을까? 안쓰러웠다. 인터넷 영상을 통해 공부를 하지만 학교에서 선생님과 교실에서 공부하는 것과 같을 리는 없을 게다. 그래도 요즘은 격일제로 등교를 하게 되니 신이 나서 잘 다닌다고 한다.

코로나19로 온 국민들이 긴장하고 있다. 금지된 사항이 많아져 경제적으로 어려움을 겪고 있어 온 국민의 협조가 절실할 때다. 서로 조심하고 방역 수칙을 철저히 지켜야 한다. 이러다가 사람들과의 관계까지도 멀어지는 게 아닌지 걱정되기는 하지만 안전수칙을 잘 지키면 무서운 코로나19도 곧 사라질 것이다. 방역 수칙을 잘 지키며 노력해서 코로나19가 종식된다면 5일 장날도, 자라나는 어린 새싹들도 예전처럼 활기찬 모습으로 돌아오지 않을까?

아픈 손가락

새끼손가락을 보면 마음이 아프다. 힘든 일도 마다하지 않고 거침없이 하는 탓에 내 다섯 손가락이 수난을 겪는다. 며칠 전에도 산에 갔다가 계곡물에 우수수 떨어진 도토리를 발견하고 돌 틈에 낀 도토리를 주으려고 큰 돌을 들어 치우려다가 놓쳤다. 오른쪽 검지와 장지를 찧어 피가 나고 엄청 아팠다. 그 후 상처가 쉽게 아물지 않아 일하는 데 신경이 많이 쓰였다. 내 손은 주인을 잘못 만난 게 분명하다. 일을 할 때는 장갑을 끼고 하면 좋으련만 거의 맨손으로 한다. 그러다 보니 여자 손 답지 않게 투박하고 거칠어 농부의 손 같다. 남들 앞에 손을 내밀기가 부끄럽다. 기다랗게 손톱을 기르고 예쁘게 색색으로 매니큐어를 바른 손을 보면 부럽기도 하다. 손톱에 장식을 하고 다니는 주부들을 보면 저렇게 예쁜 손으로 어떻게 살림을 할까 궁금하기도 하다. 나는 결혼하고 사십 년 동안 손톱에 매니큐어를 바른 적은 손가락으로 꼽을 정도다. 열 손가락 중에서 특히 왼손 새끼손가락은 나의 아픈 손가락이다. 새끼손가락 끝마디가 펴지지도 않고 구부러져 있다. 아예 굳어 움직이지 않는다. 다행히 새끼손가락이라서 일을 하는 데 지장은 없지만 영 보기가 싫다. 남들 앞에서는 새끼손가락을 보이지 않으려고 감추기 일쑤다.

비 오는 날이었다. 김치를 넉넉하게 담아 우리 마을에 있는 아동센터에 전해주러 갔다. 출근을 해야 하는데 많은 비가 내려 그칠 것 같지 않아 마냥 기다릴 수가 없었다. 우산을 받고 김치 보따리를 챙겨 차에서 내리다가 자동차 문에 새끼손가락이 끼었다. 눈물이 쏙 빠질 정도로 아팠다. 큰 상처는 아니고 피도 많이 나지 않았다. 하지만 금방 파랗게 멍이 들고 통통 부어오르기 시작했다. 그래도 뼈에 이상은 없을 것 같아 다행이라고 생각했는데 시간이 지나도 통증이 사라지지 않았다. 하는 수 없이 정형외과를 찾아갔다. X-레이를 찍어 보더니 골절이라고 했다. 뼈에 금이 간 것도 아니고 조각이 나서 수술을 해야 한다니 걱정이 앞섰다. 계획되어 있는 일을 생각해보니 태산이다. 그래도 어쩔 수 없이 수술을 했다. 자그마한 새끼손가락에 뚱뚱하게 깁스까지 해놓으니 엄청 번거로웠다.

"손을 움직이지 마세요. 손에 물을 묻히면 안 돼요."

의사 선생님은 주의사항을 말해주었지만 내가 지킬 수 있는, 자신이 있는 일들이 아니었다. 자치단체에서 바자회가 코앞이고 김장 봉사까지 계획되어 있어 일을 안 할 수가 없는 상황이었다. 그리고 내 직업과 집안일이 물을 만지지 않고는 어려운 일이었다. 설마하며 대수롭지 않게 생각하고 깁스를 풀어내고 일을 할 수밖에 없었다. 그랬더니 염증이 생겨 치료하지 않으면 폐혈증 위험이 있다며 입원을 강요했다. 예상치 않은 입원까지 해야 했다. 빨리 가려다 먼 길로 돌아간 셈이다. 오랜 시간이 지나 나왔지만 손가락 끝마디가 구부러져 펴지지가 않았다. 후회해도 소용없다. 의사 선생님도 나의 부주의로 생긴 일이라며 어쩔 수 없다고 했다. 다시 수술을 하고 조심하면 반듯한 손가락이 되지 않을까 싶어 사정을 해보았지만 의사 선생님은 원위치로 돌아올 수 없다며 고개를 저었다. 새끼손가락은 지금까지 나의 아픈 손가락이다.

나는 육 남매 중에서 맏이로 태어났다. 부모님은 농사를 천직으로 알았다. 타고난 부지런도 있었지만 열심히 노력하며 사시던 분이다. 그러한 부모님 덕에 가난은 모르고 살았다. 그랬기에 농사를 지어 삼촌과 다섯 동생들을 모두 대학교까지 가르칠 수 있었던 것 같다. 그렇지만 나는 부모님의 농사일을 거들며 집안 살림을 맡아 해야 했다. 여자는 다소곳이 살림만 해야 하는 것으로 생각하고 성숙한 여자는 바깥출입을 하면 안 된다는 엄한 할아버지 때문에 고등학교 진학을 못하고 집안 살림을 도우며 삼촌과 동생들 뒷바라지를 해야 했다. 그러니 부모님께는 큰딸인 내가 아픈 손가락일 수밖에 없었다. 부모님은 완고한 할아버지를 설득해 보았지만 허락하지 않아 진학을 포기시켜야 했으니 마음이 얼마나 아프셨을까? 그 시절 나는 부모님의 아픈 손가락인 줄도 모르고 부모님을 원망했었다. 그때는 부모님께 불만을 표출하며 속을 많이도 썩였다. 결혼 전날 내 손을 잡고 눈물을 보이던 돌아가신 아버지의 말씀이 지금도 생생하다.

“너를 가르치지 못해 정말 미안하다. 공부를 못했거나 돈이 없어 가르치지 못했다면 이렇게 마음에 맺혀 있지는 않았을 텐데……. 잘 살아야 한다.” 눈물을 훔치며 마음 아파하셨다.

부모님이 나를 아픈 손가락으로 여겼던 것처럼 내게도 새끼손가락이 아닌 아픈 손가락이 있다. 큰딸이다. 어릴 때부터 무척 영리하고 어른스럽게 속이 꽉 차 남편과 나는 큰딸의 성장과정을 지켜보며 너무나 행복했었다. 기대도 많이 했다. 자식을 키워보니 뭐니 뭐니 해도 학교에 다닐 때는 공부를 잘해야 효자 효녀다. 정말 큰딸은 효녀였다. 크는 동안 속을 상하게 한 적도 없고 사춘기 때도 반항을 한 번도 해본 적 없이 공부도 잘하고 착하게 잘 커주었다. 그런데 그런 딸이 나의 아픈 손가락이 될 줄이야……. 나의 실수로 큰딸에게 고생만 시킨 것 같아 마음이 아프다. 후회해도 소용없는 일이 되어 버렸다.

큰딸의 대학교 진학 선택 과정에서부터였다. 당차고 꿈이 확실한 딸이었다. 의사가 되고 싶어했다. 딸의 생각과는 달리 의과대학의 선택을 접게 하고 경찰행정학과를 선택해 준 우리의 잘못이었다. 의사가 되기까지는 공부를 하는 기간도 길고 우리 형편에 큰딸에게 너무 올인하다 보면 나머지 세 딸들에게 소홀하고 벽찰 것 같은 어리석은 생각으로 설득하여 의대를 포기하게 했다. 순하고 착한 딸은 우리의 설득에 고집을 꺾었고 동국대 경찰행정학과에 등록하게 되었다. 공부는 잘했지만 달리기 체력에서 미달인 딸은 경찰 간부시험이 아닌 행정고시 쪽으로 공부를 할 수밖에 없었다. 무식한 내 탓이다. 그러다 보니 하늘에서 별 따기라는 바늘구멍만 한 좁은 문을 통과하기가 무척이나 힘들어 딸의 마음고생은 말로는 할 수 없을 정도로 컸을 것이다. 한 번만 더, 한 번만 더 하다 공부한 세월이 강산이 변하는 세월이 지나갔다. 어린 나이에 부모와 떨어져 서울의 좁은 방에서 혼자 생활하며 얼마나 힘들었을지 짐작이 간다. 큰딸의 그때 생활을 생각하면 가슴이 아리다.

지금은 서울시에서 공무원으로 근무하고 있지만 오랜 세월 공부하던 그 쪽에 미련이 남아 책을 옆에 끼고 살고 있다. 그 모습을 볼 때마다 정말 마음이 아프다. 내가 잘못 선택해 준 탓에 좋은 길을 아깝게 놓치고 딸을 마음고생시켜 미안하기 짝이 없다. 목표했던 꿈을 내려놓고 목표에 미치지 못하는 곳에서 근무하고 있지만 열심히 맡은 일에 최선을 다하며 즐겁게 일하고 있으니 늘 마음의 박수를 보내며 응원하고 있다. 다쳐서 아픈 손가락은 상처가 낫고 시간이 지나면 무디어 아프지 않다. 하지만 마음으로 아픈 손가락은 언제쯤 치유가 될까?

가을 여자

여름과 겨울 사이의 가을은 좋은 계절이다. 가을을 좋아하는 나는 풍성한 가을이 되면 마음까지도 넉넉해지고 나눌 수 있는 것이 많아 좋다. 나누는 기쁨으로 행복하기 때문이다. 어릴 적에는 봄을 좋아했다. 겨울에는 추위를 많이 타는 탓으로 활발하지 못했다. 날씨가 해동하고 봄이 오면 만물이 생동하듯 활동하기가 편해 마냥 좋아했다. 그런데 나이가 들면서 어느 순간 좋아하는 계절이 가을로 바뀌어 갔다. 인생도 나이에 맞춰 계절을 따라 변해가는가 보다.

굼벵이도 구르는 재주는 있다고 했다. 나는 특별하게 내세울만한 능력도, 재주도 없이 평범한 여자다. 그런데 살다 보니 내게서도 한 가지 재주를 발견했다. 아니 재주라기보다 솜씨라고 해야 맞을 성싶다. 우리가 매일 반복되는 일상에서도 힘이 드는 일이 있고 쉬운 일도 있기 마련이다. 무척이나 힘이 드는 일인데도 재미있는 일이 있다. 또한 쉬운 일인데도 재미없고 싫은 일이 있다. 마음먹기에 달려 있기 때문인 듯하다. 나는 요즘 힘든 일에 참으로 즐겁고 행복하다. 다름 아닌 친정엄마의 어깨너머로 배운 도토리묵 쑤는 일에 빠져 있기 때문이다. 가을이 시작되면서 도토리와 시름하며 가을을 온통 도토리묵 쑤는 일에 몰두하고 있다. 어쩌다 보니 내가 쑨 도토리묵이 맛있다고 소문이 나서다.

친정은 명절이나 집안 행사가 있을 때면 도토리묵이 빠지는 일이 없었다. 크고 작은 행사에 도토리묵이 약방에 감초처럼 등장한다. 엄마는 음식 솜씨가 좋아서 무슨 요리를 해도 맛이 있었다. 특히 엄마가 쑨 도토리묵은 일품이었다. 어린 내가 먹어도 씁쓸하면서도 맛이 있었다. 요즘은 웰빙 음식으로 건강에 좋다고 많이 선호해서 각광을 받고 있다.

가을이 시작되고 벼가 누렇게 익어갈 무렵이면 도토리도 노랗게 익어 나무에서 떨어진다. 그때부터 도토리 생각으로 내 마음은 바빠진다. 내가 가을을 좋아하는 이유도 도토리 때문인지 모른다. 도토리묵은 과정이 까다롭고 많은 시간이 걸리기 때문에 만들 줄 아는 사람이 그리 많지 않다. 요즘은 기계가 발달하여 어려운 과정을 쉽게 처리하고 완성된 가루로 나오기도 한다. 아무리 진짜일지라도 손수 어려운 과정을 손질하여 쑨 도토리묵과는 사뭇 비교가 되지 않는다. 어려운 손질 과정부터 묵을 쑤는 것까지 도토리묵은 자신 있게 만들 수 있다.

며칠 전, 오랜만에 시간을 내어 고향 친구들을 만났다. 특별한 음식을 하는 곳이 있으면 함께 어울려 가기도 하고 좋은 곳이 있으면 느닷없이 만나 자주 여행을 다니던 친구들인데 코로나19로 인하여 뜸했다. 고향의 맛을 함께하고 싶어 도토리묵을 쑤어 갔다. 도토리묵 맛을 본 친구가 맛있다고 감탄을 했다. 연신 맛있다고 감탄하는 친구들의 모습은 쌓인 피로를 녹여주기에 충분했다. 힘들게 쑤었지만 맛있게 먹는 모습을 보면 정말 행복하다. 이래서 힘들어도 도토리묵을 자주 쑤게 된다.

돌아가신 친정어머니의 도토리묵 맛은 마을에서 소문이 났었다. 마을뿐만 아니라 멀리 사는 집안 친척과 지인들까지도 그 맛에 칭찬을 아끼지 않았다. 친정어머니를 도와드리며 어깨너머로 배운 도토리묵 맛을 결혼 후, 흉내를 내고 있지만 친정어머니가 쑤었던 그 맛은 따라갈 수가 없다. 도토리묵이 완성되기까지는 여간 번거로운 일이 아니다. 시간이 많이 걸리고 복잡하여 인내로 만드는, 정성이 담긴 음식이다. 묵을 쑤면서 나누어줄 사람들을 떠올린다. 힘들어도 마음은 마냥 즐겁다. 씁쓸한 도토리의 맛이 내 가슴에는 항상 고소한 맛으로 다가온다.

어릴 때부터 친정어머니가 하시는 일을 도와드리며 도토리묵을 쑤는 것을 보았다. 만드는 과정과 방법, 도토리에서 빠져나온 녹말과 물의 비율을 자세히 배운 적도 없다. 눈여겨보지도 않았고 친정어머니의 힘든 모습을 보고 도와드렸던 것뿐이다. 친정어머니도 저울로 비율을 계산해가며 도토리묵을 쑤지는 않았다. 눈짐작이었다. 하지만 언제나 실수 없이 맛있는 도토리묵을 쑤어 내놓으셨다.

신혼 초, 남편과 등산을 하다가 누렇게 떨어진 도토리를 발견하고 배낭에 가득 주워왔다. 친정어머니가 묵을 쑤던 오래된 기억을 더듬으며 쑤어 볼 요량이었다. 모험을 한 셈이다. 눈짐작으로 처음 쑤어본 도토리묵인데 친정어머니가 만든 그 맛은 따라갈 수가 없었지만 성공이었다. 탱글탱글하고 맛있게 잘되었다. 그때의 기분은 정말 짜릿했다. 도토리묵을 맛있게 드신 어머님은 칭찬을 아끼지 않으셨고 어머님 친구들과 마을 할머니들을 초대하여 대접까지 하며 며느리 자랑을 늘어놓으셨다. 할머니들의 입소문이 돌고 돌아 내가 도토리묵을 잘 쑤는 사람이 된 것이다.

요즘은 기계가 발명되어 방앗간에 가면 손쉽게 빻아준다. 문명 덕에 지난 시절에 비교하면 힘을 덜 들이고 쉽게 만들 수 있다. 그 옛날 친정어머니는 도토리묵을 쑬 때면 도토리를 절구에 넣고 빻아서 체에 치고 떫은맛을 우려내고 확독에 가는 복잡한 과정을 여러 번 거쳤다. 도토리를 절구에 찧는 일을 도와주며 손바닥에 물집이 여러 군데 생기고 터져 쓰라리고 아팠던 기억은 잊을 수가 없다. 그때를 떠올려보면 허리가 아파 펴지 못하고 꾸부정한 체 서 있던 지친 친정어머니의 모습이 희미하게 그려진다. 도토리묵을 쑬 때마다 떠오르는 친정어머니의 모습이다. 직장 일을 마치고 퇴근하여 모두 잠든 늦은 밤, 가족들이 깰까 봐 달그락 소리가 나지 않게 조심하며 도토리묵을 쑤는 일이 내겐 즐거운 일 중 하나다. 묵을 쑤다 보면 친정어머니처럼 허리가 아파 쉽게 일어설 수가 없다. 지금 내가 그 옛날 친정어머니의 구부정한 모습 그대로 닮아가고 있다.

올가을은 어느 해보다 알곡이 더 풍성한 계절인 것 같다. 산에 도토리가 많이 열렸다고 한다. 마음은 날마다 산으로 가서 도토리를 줍고 싶지만 하는 일이 있기 때문에 그러지 못해 지나가는 시간이 안타까울 뿐이다. 그런데 큰동생이 마을 뒷산에서 많이 주워다 주었기에 어느 해보다 넉넉하다. 마음이 흐뭇하다. 누나는 힘들 거라면서도 시간 날 때마다 주워다 준다. 동생 덕에 올가을은 인심 푹푹 쓰고 있다. 문학회 행사나 여러 모임에도 도토리묵을 쑤어 간다. 단연 인기다. 도토리묵을 쑤려면 긴 시간 자리를 떠나지 않고 서서 저어주어야 한다. 팔이 아파도 나누어 줄 생각으로 기분이 좋다. 오늘도 누군가에게 주기 위해 가을이 제철인 도토리묵을 쑤는 나는 가을 여자일까?

곶감

달달하고 참 맛이 있는 게 곶감이다. 호랑이도 무서워한다는 우화에 나오는 곶감이 아니던가? 냉장고를 정리하다 보니 잊고 있었던 곶감 한 봉지가 나왔다. 설날에 선물을 받아서 먹고 남아 넣어두었던 것이다. 곶감은 하얀 분을 온몸에 흠뻑 뒤집어쓰고 있었다. 쪼글쪼글해지면서 제 몸에서 나온 달달한 시설(柹雪)이다. 냉장고에 넣을 때보다 시간이 지나면서 더 많은 분을 내고 있었다.

곶감을 만들려면 서리가 내리기 전에 떫은 땡감을 따서 껍질을 깎아 볕이 들지 않는 곳에서 오랜 기간 기다려야 한다. 늦가을 추운 날씨에 찬바람을 맞으며 얼었다 녹았다 반복하면서 숙성이 되어야 오래 두고 먹어도 변하지 않는 맛있는 곶감이 된다.

터줏대감처럼 텃밭 가장자리에 우뚝 서 있는 감나무에 주홍빛

감이 모습을 나타낸다. 지난여름 긴 장마로 땅에 떨어진 어린 풋감을 치우며 아깝다는 생각이 들었다. 여름을 나는 동안 이렇게 놓치다 보면 가을에는 하나도 남지 않을 거라고 감나무를 올려다보며 투덜댔었다. 그런데 가을볕에 낯이 붉게 물든 감이 제법 남아 모습을 드러냈다. 용하게도 살아남은 감들은 명줄이 무던히도 질긴 녀석들이거니 싶어 여느 해보다 귀하게 느껴졌다. 가느다란 꼭지로 나무에 매달려 긴 장마와 거센 태풍을 견뎌내고 살아남았다. 정말 대단히 귀한 녀석들이다. 이 귀한 녀석들을 어떻게 해야 오래 보관할 수 있을까? 궁리를 하다가 곶감을 만들어 보기로 했다. 해마다 홍시를 만들어 오래 두고 먹을 요량으로 서리가 여러 번 내린 뒤에 따서 상자에 담아 곳간에 차곡차곡 보관했었다. 그러다 보니 많은 감이 거의 동시에 홍시가 되어버렸다. 반들반들하고 예쁜 것들은 골라 선물도 하고, 마을 경로당 어르신들과 나누어 먹기도 했었다. 올해는 귀하디 귀한 감이기에 서리가 내리기 전에 따서 곶감을 만들어 보기로 한 것이다.

어릴 적에 할머니는 가을이면 토방에 자리를 펴고 앉아 따뜻한 가을볕을 쪼이며 주홍빛 감을 깎으셨다. 조상들의 제사상과 명절날 차례상에 올릴 곶감을 만들려고 정성을 들여 깎았던 것이다. 깎은 감은 새끼줄에 꼭지를 매어 처마 밑에 대롱대롱 매달아 놓았다. 하루하루 지나면서 조금씩 쪼글쪼글해져 가는 떫은감은 곶감이 되기 위해 많은 날을 기다려야 했다. 곶감이 되기 전에 말랑말랑한 연시가 되면 곶감 맛과 달리 부드럽고 색다른 맛이 있다. 연시의 맛을 알기에 곶감이 되기까지 기다리지 못하고 아무도 모르게 의자를 밟고 올라가 몰래 따먹었다. 어린 마음에 아무도 모르겠거니 했지만 어른들은 모를 리가 없었다. 담뱃대를 입에 물고 헛기침을 하며 곶감이 매달려 있는 토방을 왔다 갔다 하시던 할아버지의 모습은 다시는 따먹지 말라는 무언의 꾸지람이었다. 그 뒤로 아무리 먹고 싶어도 두 번 다시 따먹을 수가 없었다. 호랑이 할아버지의 헛기침 소리가 지금도 귓가에 생생하게 들리는 것 같다. 그때, 그 연시의 맛도 잊을 수 없다. 오랜 시간이 지나서 곶감이 되면 할머니는 새끼줄에 매달린 곶감을 내렸다. 제사상에 올릴 예쁜 것은 골라 잘 보관해두고 나머지는 가족들이 방에 빙 둘러앉아 맛있게 먹었다. 달달하고 맛있는 곶감의 향이 입안에서 맴돈다. 호랑이가 온다고 해도 울음을 그치지 않던 아기가 곶감을 준다는 엄마의 말에 울음을 뚝 그쳤다는 우화 속의 곶감 이야기. 이렇게 맛있는 곶감이기에 지금까지 우화로 오래 전해 내려오나 보다.

그 달달한 맛을 생각하며 모든 준비를 마치고 땡감을 깎기 시작했다. 껍질을 깎아내는 것쯤이야 쉽게 생각했는데 여간 힘든 일이 아니었다. 몇 개 깎지도 않았는데 손에 물집이 생겨 따끔거리고 아팠다. 껍질은 깊게 파이고 울퉁불퉁 매끄럽지가 않았다. 전업주부로 살림을 한 지가 40년이 다 되는데 땡감을 깎는 일이 쉽지 않다. 괜히 칼이 문제라며 연장 탓을 했다.

땡감을 깎으면 왜 엄마 생각이 날까? 60년도 훨씬 전에 엄마가 시집가던 날, 마당에서 혼례를 치를 때 가려진 혼례복 저고리

소매 위로 살짝 아버지를 처음 보셨다고 하셨다. 스무 살 어린 나이에 아버지의 얼굴도 모르고 시집을 온 뒤, 그때부터 땡감보다 더 떫은 시집살이가 시작되었다고 한다. 호랑이 할아버지의 뜻에 맞춰 사느라 마음고생이 컸을 것은 짐작이 간다. 그 뒤 55년 동안 안팎으로 많은 일들을 감당하며 엄마는 몸이 망가지는 줄도 모르고 농한기도 없이 가족과 육 남매 자식들을 위해 일만 하며 사셨다. 쪼글쪼글해진 곶감 주름만큼이나 깊이 파인 엄마의 얼굴에 생긴 주름은 삶의 고뇌를 참고 견디며 사신 훈장(勳章)이었다. 엄마의 사랑과 헌신, 어른을 공경하며 배려하고 희생하는 것을 보며 자랐기에 나는 엄마의 지극한 마음을 안다. 그런 엄마의 모습을 보면서 우리들은 많은 것을 배웠다. 그러기에 지금 각자의 위치에서 맡은 일에 충실하고 인정받으며 살고 있다. 엄마는 75세에 희생만 하다 효도를 받을 때쯤에 길지 않은 생을 마감하며 자식들에게 한을 남기고 가셨다. 오래 사실 줄 알고 미뤘던 효도를 받지도 못한 채, 곶감이 분을 내듯 엄마는 일생 동안 사람의 향기를 많이 뿌려 주셨다. 어느새 어머니에 대한 그리움으로 내 눈은 촉촉해진다.

껍질을 깎고 오랜 시간이 지나면서 감은 제 몸에서 달달한 하얀 분을 내며 맛있는 곶감이 된다. 나도 버릴 것은 과감하게 땡감 껍질처럼 깎아내고 올곧고 성숙한 사람이 되어야겠다. 곶감처럼 쪼글쪼글 늙어가도 곶감의 달달한 분보다 더 달달한 사람의 향기를 내며 그렇게 익어가고 싶다.

내 인생의 이력서

찬 서리가 내리고 첫눈은 오지 않은 40년 전 초겨울, 스물다섯 살 처녀가 작은아버지의 중매로 스물여덟 살 총각과 결혼을 했다. 홀로 계신 어머님을 모셔야 했기에 둘만의 아기자기한 신혼의 꿈을 접고 어머님과 함께 이곳에서 살았다. 지금까지 40년째 살고 있다. 오두막집과 비슷한 아주 자그마한 시골집에서 어머님과 셋이서 시작한 신혼생활이었다. 대식구가 살던 친정집에서와는 달리 소꿉장난하는 것 같은 해방된 시집살이였다. 대농의 친정 부모님이 하시는 농사일을 도와드리며 배웠기에 울안의 넓은 텃밭이야말로 괭이와 호미를 가지고 노는 놀이터에 불과했다. 밥상을 3개씩이나 차려야 했고 아침이면 동생들 도시락을 5개씩 담아서 학교에 보내야 했던 그때와 비교가 될까? 몸은 편했지만 그래도 마음 한구석에는 항상 바쁘게 사시는 친정엄마 생각으로 마음이 편하지 못했다.

내가 맡아 했던 집안일과 밤낮없이 농사일까지 엄마가 감당해야 했으니 얼마나 바쁘고 힘이 들었을지 짐작이 간다. 걸어 다녀도 졸린다는 엄마의 말씀이 지금도 생생하게 기억에 남아 있다. 연로하신 할아버지와 할머니까지 모시고 사셨으니 몸도 마음도 힘이 들었을 것이다. 주변에서는 엄마를 무쇠 같다고 했다. 어찌 그 많은 일을 하면서 아프지 않고 고단하지 않았으리. 아마 시동생과 여섯이나 되는 자식들을 위해 억척으로 해냈으리라. 나는 어릴 적부터 흙과 함께 살아서 편리한 아파트의 생활을 꿈꿨다. 하지만 어머님을 위해 아파트보다 정들은 이곳에 집을 짓는 것이 옳다고 주장하는 남편의 뜻에 따라 이곳에 집을 지었다. 그러다 보니 어언 40년이 되었다. 제2의 고향이다.

어떻게든 남편의 대를 이을 아들을 낳아보겠다고 고집을 부려보았지만 자식을 낳는 것이 어디 마음대로 되던가. 남편을 닮은 아들을 낳고 싶었는데 딸만 넷을 낳아 딸부잣집이 되었다. 말이 씨가 되었나 싶다. 엄마는 말을 조신하게 하라는 뜻으로 성숙한 나에게 간혹 이 말씀을 하시곤 했다.

"말은 가려서 좋은 말만 해야 한다. 말이 씨가 된다."

호랑이 할아버지께서는 고모들도 그랬고 성숙한 나를 대문 밖 출입을 못하게 했다. 나는 세상 흐름을 모르고 살았다. 다소곳하지 못하고 당당하게 할아버지께 말대답을 했다. 반항이었다. 나는 시집가면 딸만 낳아 잘 키울 거라고…….

이 말을 나의 무기로 삼았었다. 그래서 엄마 말씀대로 말이 씨가 되어 딸 넷을 낳았나 싶기도 하다. 지금에 와서 보니 딸 넷은 나의 행운이며 보배다. 딸들에게 고맙게 생각한다. 넉넉하지 못하고 부족해서 항상 미안한 마음이었다. 그런데도 사춘기를 모르고 반듯하게 잘 커주었고 좋은 직장에서 충실히 일하고 있으니 고마울 뿐이다.

남들보다 자식이 많아서 더 열심히 살았을까? 부지런한 친정 부모님을 닮아 부지런한 것이었을까? 아무튼 어머님을 모시고 내 가정을 위해서 열심히 산 것뿐인데 지인들이나 마을 사람들은 막내며느리가 홀시어머니를 모시고 열심히 산다며 예뻐해 주셨다. 그러다 보니 마을의 직책을 하나씩 맡게 되었다. 부녀회장에 이어 반장, 그다음 통장까지 맡아 했다. 전미동 농촌 마을에서는 처음 여자 통장이었다. 그때는 도시 아파트와 달리 농촌에서는 남자들만 통장을 하는 것으로 주민들은 알고 있었다. 나이 드신 어르신은 남자도 많은데 하필 여자가 통장을 하느냐며 못마땅해하는 분도 계셨다. 그런 말에 신경쓰지 않고 더 열심히 했다. 여자도 잘할 수 있다는 걸 보여주고 싶었다. 그랬더니 칭찬의 소리로 돌아왔다. 맡은 일에 열심히 하다 보니 송천2동 주민자치위원장과 지역사회보장협의체위원장까지 역임했다. 그 후 마을 통장의 임기를 마쳐 후임에게 자리를 넘겨주고 지금은 우리 마을의 공동체 대표로 관공서에서 지원되는 부분과 다른 공동체들과 공유하며 마을 발전과 화합 그리고 마을 어르신들을 위해 봉사하며 열심히 일하고 있다.

배움에 욕심이 많아서 나이와 상관없이 고고장구도 배우고 켈리그래피도 배우고 틈틈이 수필 공부도 하며 노후를 알차게 보내려고 노력하고 있다. 직장생활을 하면서 바쁜 중에도 시간을 쪼개어 봉사단체에서 활동하고 있다. 지역사회에서 주민자치위원장을 맡아 일을 하다 보니 우리 마을을 위해서도 뭔가 해봐야겠다는 생각이 들어 마을에 적합한 일들이 뭔지 찾아보았다. 우리 마을은 송천동 농수산시장에서 삼례 방향, 자동차로 5분 거리에 있는 첫 마을이다. 도시와 농촌의 경계에 자리하고 있지만 전형적인 농촌 마을이기도 하다. 전주시에 속하고 송천동 인근이면서도 발전이 더디고 혜택을 받지 못해 낙후된 마을이었다.

젊은 사람들은 사업이나 직장을 따라 도시로 떠나고 어르신들이 마을을 지키고 있었다. 우리 마을은 환경사업소에서 배출되는 냄새로 환경의 불편함 때문에 이사 오는 것을 꺼려했다. 마을 주민들의 화합이 차츰차츰 흩어져 힘든 상황이었다. 이러면 안 되지 싶어 마을 발전회와 부녀회를 결성하여 주민들의 단합과 활성화를 위해 여러모로 노력해 보았다. 그래도 화합은 쉽지 않았다. 하지만 마을 공동체를 구성하여 자주 만나다 보니 화합이 되어 갔다. 마을 진입로 꽃길 조성. 담장 벽화 그리기. 어르신들 반찬 봉사, 백중날 행사. 선진지 견학 및 단합대회를 해왔다. 올해도 잡초만 무성하던 마을 공터를 텃밭으로 활용하여 감자와 김장배추를 심어 재배한 배추로 주민들이 합심하여 많은 김장을 했다. 코로나19로 미뤄왔던 마을을 위해 김장 축제와 마을 단합대회를 성황리에 잘해냈다. 부녀회. 발전회 모두 한마음으로 도와주었기에 잘할 수 있었다. 멋진 마을 단합대회와 김장 축제날이었다.

우리 마을은 깨끗하고 아름다운 마을을 만드는 데 좋은 조건을 가지고 있다. 에코시티가 넓게 개발되고 오래전에 마을 뒤편에 마을의 효자를 기리기 위해 효자비가 세워져 있다. 그러나 관리가 소홀하여 잡초가 무성하다. 잘 정비하여 구경거리로 만들고 공동 텃밭에 여러 가지 채소를 심어 농촌 체험 마을로 넓게 개발하면 인근 학교에서 이용할 것이고 향후 도농교류 사업도 활발할 것을 기대해 본다. 그리고 70세 이상 어르신 50여 분이 사신다. 젊은 회원들이 김치와 반찬 봉사를 통해 자주 방문하여 불편한 점이 없는지 안전을 살피며 고독한 어르신들이 없도록 할 계획이다. 빈집이 많았던 마을에 이사를 오는 가구가 늘어나고 올해도 이사 오려고 여기 저기 집을 멋지게 짓는 것을 보면서 살기 좋은 마을로 인정받은 것 같아 뿌듯하다. 우리 마을의 자랑거리는 예로부터 어른들을 공경할 줄 알고 사람들이 예의 바르고 효자효부가 많다는 것이다. 그래서 효자비도 세웠다고 했다. 마을 자치 활동을 통해서 자주 만나 친목도 다지고 마을 발전에 대해 논의하며 인정이 넘치고 살기 좋은 마을을 만드는 데 노력할 것이다.

2부
오월에 반하다

오월은 모든 것이 활기를 되찾아 왕성하게 성장하는 계절이다. 모든 사람에게 오월만큼 활기와 건강을 잃지 말고 힘차게 긍정적으로 활동할 수 있게 해달라고 새로운 아침을 맞을 때마다 기도한다. 생기가 넘치는 청록의 계절 오월에 반해 있다.

김장 축제

어디를 가나 봄부터 가을까지 방방곡곡 축제가 많이 열린다. 그 지역의 특산물이나 유명한 인물들의 이름을 내세워 홍보하기 위한 축제를 한다. 특산물을 홍보하고 판매하기 위함도 있지만 지역을 알리고 관광 수입을 창출하려는 경제적인 목적도 있다. 초겨울로 접어들면서 무서리에 단풍도 우수수 떨어지고 축제의 들뜬 분위기는 점점 식어갔다. 축제는 하얀 눈을 기다리며 조용한 겨울을 보내고 꽃 피는 봄을 기약한다.

추운 겨울, 우리 집 마당에서는 요즘 보기 힘든 축제가 한창이다. 하루가 아닌 3일 동안 축제를 한다. 마당 한쪽에는 싱싱한 배추가 수북하게 산더미처럼 쌓여 있다. 지나가는 사람마다 담장에 고개를 디밀고 한마디씩 한다. 김치 공장 같단다. 수북하게 쌓인 배추를 보고 도와주려고 한 사람 두 사람 모이다 보니 넓은 마당이 좁을 정도다. 웃음소리가 담장을 넘어가고 지나가는 이웃 마을 사람들까지도 엄청난 배추에 놀라며 가던 길을 돌려 거들어주려고 팔을 걷으며 우리 집으로 들어오신다.

꽃집을 운영하는 내 동생은 참 예쁘다. 마음은 더 예쁘다. 힘든 일을 같이하면서도 어려운 일은 동생 몫, 가볍고 쉬운 일은 언니인 내 몫으로 정해주면서 동생보다 덩치도 크고 힘도 센 나를 걱정해준다. 무리하지 말고 허리도 펴고 쉬어가며 일을 하라는 동생의 말이 엄마가 일러주는 말처럼 들린다. 하지만 500포기가 넘는 배추를 앞에 놓고 동생의 말이 귀에 들어오지 않는다. 시간이 한참 흐른 뒤에 굽은 허리를 펴며 엉거주춤 일어섰다. 텃밭 가장자리에 우뚝 서 있는 감나무에 달려 있는 감들이 지난밤 내린 하얀 눈을 이고 있는 모습이 눈에 들어온다. 소담스럽게 쌓여 있는 하얀 눈과 어우러진 주홍빛 감이 더욱 선명하다. 우리 집 김장 축제가 한층 돋보인다. 너무도 예뻐 그대로 녹지 않았으면 하는 욕심을 내본다.

이틀 동안 준비를 마치고 본격적으로 김장을 담그는 날이다. 새벽부터 일어나 김치를 버무릴 자리를 마당에 넓게 만들어 놓았다. 한쪽에서는 마늘과 생강, 양파를 잘게 다지는 소리로 요란하다. 동생들만 모여도 북적북적 많은 식구다. 준비가 채 끝나지도 않았는데 마을 사람들이 고무장갑을 끼고 오기 시작했다. 우리 집 잔칫날이다. 아니 축제 날이다. 마을 소식과 허물없는 이야기를 나누며 하하! 호호! 웃음꽃을 피운다. 사람 사는 재미가 이런 것인가 보다.

남편도 바쁘게 움직인다. 많은 양의 김장을 하다 보니 은근히 남편의 눈치가 보인다. 우리 가족이 먹기에는 터무니없이 많은 산더미 같은 배추를 보고 한소리할 법도 한데 힘들다고 꾀를 내지도 않고 끝까지 도와주고 있다. 이토록 많은 양의 김장을 한 것이 한 해, 두 해도 아니니 남편은 항상 몸을 좀 아끼라는 말을 한다. 하지만 갈수록 양이 많아지는 것 같다. 휴일이라 온 가족이 다 모였다. 딸들과 멀리 서울, 대전에 사는 조카들까지도 김장 축제에 동참했다. 일이 척척척 진행이 된다. 주방에서는 셋째 딸이 수육을 삶아 내왔다. 금방 버무린 김치에 싸서 먹는 따끈한 수육과 싱싱한 굴의 맛은 환상이었다. 1년에 한 번 김장 때나 느끼는 맛이다. 둘이 먹다가 하나 죽어도 모른다는 말을 연상하게 한다. 생강과 계피, 대추, 흑설탕을 넣고 끓여 만든 진한 갈색의 취하지 않는 뜨거운 모주도 인기다.

대전에 사는 어린 사무관 조카와 서울 조카도 배추 나르기에 바쁘다. 힘든 일인데도 내색하지 않고 열심히 도와준다. 마당 한쪽에서는 제부가 잘 버무려진 김치를 큰 박스에 야무지게 담아 배달할 수 있게 꽁꽁 묶는 작업 중이다. 힘은 들지만 어깨춤이 절로 난다. 많을수록 부족하다더니 여러 집 나누어 줄 계산을 하니 부족하기만 하다. 여러 사람이 도와줘서 생각보다 빨리 끝났다. 일을 마무리하고 점심시간이다. 넓은 거실이 꽉 찼다. 막 버무린 김치와 얼큰한 동태찌개 그리고 김장하는 날을 위해 미리 담아 놓은 동치미와 우리 집 행사에 빠지지 않는 도토리묵도 내놓았다. 도토리묵 맛에 감탄하여 여기저기서 한마디씩 한다. 마을 어르신은 얌전한 친정엄마한테 배워서 어려운 도토리묵도 잘 쑨다고 칭찬을 아끼지 않으셨다. 식사를 하고 후식까지 마친 뒤 팩에 한 봉지씩 담아 놓은 김치와 미리 준비해 놓은 작은 선물을 들고 가셨다. 엄청난 일을 많은 사람들이 도와주어 쉽게 끝냈다.

작은어머니가 돌아가시고 혼자 계시는 작은아버지 몫은 제일 먼저 챙겨 놓았다. 제부가 서울 동생들, 부천 딸 몫으로 큰 상자에 담아 야무지게 묶어 놓은 김치를 차에 실었다. 남편이 직접 다녀오겠다고 했다. 배달까지 나선 것이다. 수북하게 쌓아 놓은 김치 박스가 모두 주인을 찾아 떠났다. 제부와 동생은 마당 물청소까지 하느라 바쁘게 움직인다. 김장을 마치고 나니 넓은 마당이 훤하고 깨끗하다. 기분 좋다. 퍼주는 마음이 이렇게 좋을까.

밀짚모자가 잘 어울리는 새댁

극히 보기 드문 일이다. 서울 아가씨가 농촌 총각과 결혼하고 홀시어머니와 함께 살고 있다. 농촌 총각들이 장가를 못 가 노총각이 많다는 기사를 신문이나 방송을 통해 많이 접한다. 우리 마을에 유일한 30대 총각이 있다. 노총각이라고 하기는 좀 억울한 나이라고나 할까? 아리따운 서울 아가씨와 결혼하여 비둘기처럼 아기자기하게 잘 살고 있다. 둘이서 논과 밭에 함께 다니며 농사일을 재미있게 하는 모습을 보면 참 예쁘다. 정말 축하해야 할 일이고 축하 받을 일이다. 마을 주민들도 많은 축하를 해주고 마을 경사로 여겼다. 힘든 농사일을 서울 아가씨가 어떻게 할 수 있을지 궁금하여 관심 또한 많았다. 요즘 결혼을 기피하는 사람들이 늘고 목표가 뚜렷한 사람들은 목표를 달성하기 위해 공부의 끈을 오래 잡고 있다 보니 결혼 연령이 높아지고 있다. 우리 마을 총각은 노총각의 이름표를 달기 전에 장가를 가서 얼마나 다행한 일인가.

농촌에는 농사를 짓는 젊은 사람들이 거의 없다. 젊다고 해도 50대 후반이나 60대다. 그런데 우리 마을에 고등학교를 졸업하고 대학 진학을 포기한 체 모든 농기계를 갖추고 전문적으로 농사에 뛰어든 총각이 있다. 바로 서울 아가씨와 결혼한 총각이다. 총각의 어머니는 남편을 병으로 일찍 하늘나라로 보내고 젊은 나이에 홀로 농사를 도맡아 지으면서 2남 1녀를 가르치며 살았다. 그리 넉넉하지 않은 살림이었지만 억척스럽게 많은 논을 임대하여 농사를 짓더니 차츰차츰 많아져서 이제는 마을에서 농사를 제일 많이 짓는 대농이자 논을 많이 가지고 있는 부자가 되었다. 큰아들과 딸은 대학을 졸업하고 좋은 직장에 취업하여 도시로 분가하고 막내아들이 취업 준비를 하면서 어머니의 버거운 농사일을 조금씩 도와주며 지냈다. 그러다가 생각이 바뀌어 취업은 포기하고 팔을 걷어부치고 본격적인 청년 농부로 농사일을 하겠다고 뛰어들었다. 주먹구구식의 농사가 아닌 모든 농기계를 갖추고 전문 지식을 갖춘 농부로 직업을 택한 것이다. 농사에는 박사급 수준이다. 체격도 튼튼하고 인정도 많고 인상도 푸근하다. 마을 일이라면 크고 작은 일을 가리지 않고 도와주는 정말 믿음직한 성실하고 좋은 총각이다. 결혼할 나이가 되어 어머니는 막내아들 장가를 보내고 싶은데 농촌 총각이라는 이유로 쉽지가 않다고 했다. 그러던 중 지인의 중매로 서울 아가씨와 선을 보고 결혼까지 이어지게 되었다. 서울 아가씨가 사람을 볼 줄 아는 모양이었다.

새댁은 화려하게 사치를 하거나 멋을 부리는 아가씨는 아닌 것 같았다. 수수하고 야무지게 보였다. 편안한 츄리닝 작업복차림의 새댁을 처음 본 순간 착하고 성실하게 보여 우리 마을의 보배 역할을 할 것 같은 느낌이 들었다. 새댁은 볼수록 예쁘고 정이 갔다. 하는 모습이 예뻤다. 시어머니를 닮아가는지 부지런하고 성실했다. 여름 내내 항상 밀짚모자를 쓰고 다녔다. 농사짓는 사람들은 모자가 필수다. 햇볕을 가리기 위함도 있지만 바람에 머리가 휘날려 일하는 데 지장이 있기 때문이다.

새댁을 볼 때마다 젊은 날, 내 모습을 보는 것 같았다. 농촌에 살았지만 농사를 짓지 않고 회사에 다니는 남편 덕에 몸은 편했다. 막내며느리지만 어머님만 잘 모시면 되었다. 그때만 해도 농기계가 발달하지 않아 손으로 농사일을 다 해야 하던 시대였다. 손으로 모내기를 하고 추수 시기가 되면 낫으로 벼를 베고, 베어 놓은 볏단을 모아 탈곡기로 벼 타작을 했다. 농촌은 모내기철과 추수 시기가 되면 일손이 부족하여 난리였다. 친정 부모님의 일을 도와드리며 배워 모심기와 벼를 베는 일은 할 줄 알았다. 그래서 옆집 모내기 하는 날 모내기를 도와줄 요량으로 나섰는데 일하는 모습을 보고 새댁이 모내기를 잘한다고 어른들이 놀라며 칭찬을 해주셨다. 그때부터 마을 어른들이 마을 일에 적극 협조를 부탁하여 도와주기 시작하였다. 그때 내 머리에도 밀짚모자가 필수였다.

총각은 어머니께도 잘하는 효자다. 새댁도 시어머니를 엄마라고 부르며 딸처럼 잘하고 있다.

마을 공동체 일을 할 때도 트렉터로 밭갈이를 해주고 힘이 드는 무거운 것은 지게차로 운반해주며 많은 도움을 주고 있다. 새댁도 총각을 그림자처럼 따라다니며 모든 일을 함께하고 있다. 새댁이 참 예쁘다. 새댁은 농기계 운전까지 배우고 있다. 좁은 농로를 용달차를 운전하며 아슬아슬하게 다니는 모습을 보면 영락없이 타고난 농부의 아내다. 새댁은 밀짚모자가 정말 잘 어울린다. 곧 까르르 까르르 아기의 웃음소리도 담장을 넘실넘실 넘어오겠지?

까치발

웃음꽃이 활짝 피었다. 깔깔깔 천진스런 손주들의 웃음소리와 껄껄껄껄 할아버지의 너털웃음 소리가 우리 집 담장을 너울너울 넘어간다. 절간처럼 조용하던 집 안이 웃음으로 들썩들썩하다. 사람 사는 맛이 난다.

멀리 경기도 부천에 사는 둘째 딸이 내려왔다. 어린이집이 봄방학을 했기에 순주들을 데리고 온 것이다. 겨울방학 때도 보름을 넘게 지내고 갔다. 봄방학을 이용해서 또 온 것이다. 겨울방학과 봄방학이 있어 보고 또 보고 손주들과 함께할 수 있는 시간이 많아 좋다. 손주들을 보면 볼수록 하는 짓마다 어찌 그리 예쁜지. 자고 나면 예쁜 짓을 하고 눈에 넣어도 아프지 않다고 손주들의 사랑 표현을 하시던 어른들의 말씀을 실감하며 행복에 빠졌다. 흔히 자식보다 손주가 더 예쁘다는 말을 많이 한다. 내 자식이 낳은 자식인데 오죽이나 예쁠까? 뭐라 표현할 말이 없으니 그렇게 표현했으리라. 누구나 예쁜 꽃을 보면 아름다움에 감탄을 한다. 그렇다고 손주들과 비교가 될까? 세상에서 제일 예쁜 꽃은 사람 꽃인 것 같다. 남매가 사이좋게 노는 모습을 바라보고 있노라면 귀엽고 사랑스러워 와락 껴안고 꽉 깨물어 주고 싶다.

너무 먼 거리에 살기에 자주 왕래는 못하고 고작 1년에 서너 번 정도 내려온다. 마침 방학 기간에 내려와 며칠씩 같이 지낼 수 있으니 정을 줄 수 있는 좋은 기회다. 하지만 둘째 딸이 손주들을 데리고 또 내려온 것은 다른 이유가 있다. 우리 집으로 피신을 온 셈이다. 마음이 아프다. 아파트 층간 소음으로 아래층에 사는 사람에게 너무 신경이 쓰여 조심을 하다 보니 스트레스를 많이 받고 있다고 했다. 잠시 어린이집이 봄방학을 했다기에 내려오기를 권했다. 손주들이 말하는 전주 할머니 집(우리 집)에 내려오면 마음대로 뛰어놀 수 있어 무척 좋아한다. 마당이나 골목길을 돌아다니기도 하고 동네를 한 바퀴 돌며 마음대로 뛰어 논다. 주택이라서 옆집 눈치를 보지 않아도 된다. 집에서는 아래층에 피해가 갈까 봐 어미는 뛰지 말라는 소리를 입에 달고 살고 있다고 했다. 이제 네 살 먹은 손녀는 까치발을 하고 다닌다. 으레 현관에서 신발을 벗고 들어서면 까치발을 한단다.

요즘은 문명이 발달함에 따라 살아가는 데 무척이나 편해지고 윤택한 생활을 하고 있다. 특히 인구 증가로 많은 사람들이 살 수 있는 아파트가 우후죽순으로 늘어나고, 그 안에서 주택보다 더 편리한 생활을 영위하고 있다. 그런 반면, 층간소음이라는 단점 때문에 위아래 층에 사는 사람들 사이가 좋지 않고 단절되어간다.

손주들이 네 살과 다섯 살이다. 맘껏 뛰어다니며 돌아다닐 나이다. 그런데 아래층 사람이 예민해서 울리는 소리에 신경이 쓰여 항상 조심하게 한다고 했다. 거실과 주방 그리고 안방까지 스펀지가 들어 있는 폭신한 매트를 깔아 놓았다. 손주들이 놀다가 넘어지면 다칠까 봐 깔아 놓은 줄 알았다. 아래층 사람들에게 피해를 주지 않으려고 깔아 놓았다고 한다. 그렇게 깔아 놓으면 어지간해서 소음은 없다고 한다. 취침 시간은 9시로 정해놓고 일찍 재우고 있다고 했다. 나름 아래층을 배려하려고 조심스럽게 살고 있었다. 그런데도 수시로 경비실에 전화하거나 때로는 얼굴을 찌푸리고 올라와서 화를 내곤 한단다. 전에 살던 사람은 무척 좋은 분이라고 했다. 아이들이 있으니 조심시키지만 이해를 부탁한다고 했더니 "괜찮습니다. 아이들 너무 기죽이지 마세요." 하며 오히려 다독여주셨다고 한다. 그분이 이사를 하고 주인이 바뀌어 인사차 손주들을 앞장세우고 과일 상자에 예쁘게 손편지를 써서 아이들이 있으니 이해 부탁한다고 드리고 왔는데 곧바로 과일 상자와 편지를 가지고 올라와 돌려주고 내려갔다고 한다. 집을 팔고 이사를 갈 수도 없는 노릇이고 걱정이 된다고 했다. 나는 아파트에서 살아보지 않았다. 자식을 넷이나 키웠어도 그런 일은 신경을 쓰지 않고 살았다. 더구나 농촌마을이라서 자연과 함께 흙을 장난감 삼아 자유롭게 키웠다. 손자는 어미가 뛰지 말라고 하면 기어서 다니기도 한단다. 네 살인 손녀는 우리 집에 와서도 뒤꿈치를 들고 까치발을 하고 다닌다. 집에서 하던 버릇이다. 할머니 집에서는 까치발을 하지 않아도 된다고 해도 버릇이 되었는지 금방 다시 까치발을 하고 다닌다. 어미가 늘 뛰지 말라고 조심을 시켰기 때문이다.

초등학교 다니던 때다. 복도를 지나갈 때는 뛰지 말고 뒤꿈치를 들고 사뿐사뿐 조용히 걸어 다니라는 선생님의 지시를 많이 받았다. 많은 학생들이 뛰어다니면 소란스럽기도 하겠지만 정숙하는 습관을 길러주기 위해서였다. 어쩌다 뛰어다니거나 떠들면 큰소리를 냈다는 이유로 학급의 반장에게 지적을 당하고, 후에 선생님한테 꾸중을 듣기도 했다. 그러기에 옆 반 복도를 지나 화장실에 갈 때는 언제나 까치발을 하고 다녔던 기억이 있다. 까치발은 높은 곳에 손이 닿지 않을 때 뒤꿈치를 들고 발가락에 힘을 주고 키의 높이를 늘리려 하는 행동이다. 어린 손녀가 까치발로 걷는 모습을 보면 안쓰럽다. 방학이 끝날 때까지 편히 지내다가 가기를 권했다. 개학이 며칠 남았는데 준비해야 할 것도 있고 나름 학습지 방문 교육도 있고 해서 간다고 했다. 손주들은 마음껏 뛰어 놀고 앞집 손자와 나이가 같아 친구가 되어 사이좋게 잘 논다. 그 집의 손자를 우리 집에 데려오기도 하고 그 집으로 가서 놀기도 한다. 손주들이 자유로워 좋은 모양이다.

우리 집에 왔다가 부천으로 갈 때마다 가지 않겠다고 떼를 쓰고 운다. 어르고 달래도 소용없다. 안 가겠다고 눈물과 콧물까지 흘리며 우는 손주들을 억지로 안아서 차에 태워 보내고 나면 마음이 아프다.

오늘도 간다고 하면 안 가겠다고 떼를 쓸 게 분명하다. 울며 떼를 쓰는 손주의 모습이 그려진다. 어떻게 해야 울지 않고 손을 흔들며 예쁜 모습으로 어미를 따라가게 할까? 고민을 하고 있는데 어미와 식탁에 앉아 이야기하는 소리를 들었나 보다. 방에서 나오며 손녀가 하는 말이 웃음을 쏟아내게 했다.

"나는 집에 안 갈 거니까 억지로 끌고 가지 마세요!"

산까치

친정 마을 어귀에 들어섰다. 도심과는 달리 친정이 있는 고향은 산야가 눈으로 소복하다. 하얀 들판은 햇빛에 반사되어 눈이 부시다. 멀리 보이는 높은 매봉산 자락의 설경이 기대만큼 아름답고, 산등성이에 옷을 벗고 늘어선 참나무들은 마을을 지키는 병정들 같다. 눈바람이 차갑게 볼을 때린다. 그런데도 마음은 포근하다. 부모님은 하늘에 계시지만 언제나 고향은 부모님의 품속처럼 아늑하게 반겨준다.

어렸을 적, 이때쯤이면 무척이나 춥고 눈이 자주 내렸다. 추운 줄도 모르고 시린 손을 호호 불며 소꿉친구들과 눈사람을 만들며 좋아했던 추억이 살포시 떠오른다. 오늘처럼 눈이 많이 내릴 때면 산새들이 먹이를 찾으러 마을까지 내려오기도 했었다. 큰 오동나무 위에 앉아 울어대는 큰 새를 아버지는 산까치라고 가르쳐 주셨다. 산까치는 어치라고도 한다. 뒤란에 버티고 서 있는 큰 오동나무는 큰고모가 태어났을 때 할아버지께서 심었다고 했다. 큰고모는 결혼했지만 오동나무는 그대로 오랜 세월 자리를 지키며 새들의 쉼터 역할을 해주었다. 지금은 그 오동나무는 자취를 감추었다. 그때처럼 눈이 많이 내린 오늘은, 우뚝 선 감나무가 산까치들의 쉼터를 대신하고 있다.

산까치는 다람쥐처럼 열매를 땅속에 묻어 저장하는 습성을 가지고 있다. 또한 참나무의 열매 도토리를 좋아한다. 그런데 지능이 낮아 땅속에 묻어둔 도토리를 찾지 못한다고 한다. 땅속에 묻어놓은 도토리는 이듬해에 싹이 나서 참나무로 자라며 해가 거듭할수록 무럭무럭 자라서 숲을 이루고 울창해진다. 산까치를 보니 문득 치매로 고생하시다 돌아가신 시어머님 모습이 그립다.

어머님이 치매로 고생하실 때 간식이나 음식을 드리면 산까치처럼 이불 속에 몰래 묻어두곤 했었다. 어머님은 건강하실 때도 좋은 것이 있거나 맛있는 것이 있으면 당신 몫을 뒤로 밀쳐놓거나 남기는 습관이 있었다. 입맛이 없다거나 좋아하지 않는다는 이유였다. 남기지 말고 다 드시라고 재촉하면 많다는 이유로 남편 밥그릇이나 내 밥그릇에 푹 퍼서 넘겨주셨다. 어머님이 음식을 남기는 이유를 나는 알고 있었다. 어렵게 살던 시절 자식들에게 조금이라도 더 먹이려고 아끼던 버릇이다. 그런 어머님의 모습을 볼 때마다 마음이 짠했다. 낮에 경로당에서 동네 어르신들과 보내고 해질 무렵, 집에 돌아올 때는 굽은 허리 뒤로 당신의 몫을 남겨 뒷짐을 쥔 손에 들고 오셨다. 그때는 어머님의 그런 행동이 싫었다. 그러던 어머님이 치매로 고생하게 되었다. 간식이나 음식을 드리면 무조건 이불 밑에 묻어두셨다. 아니 숨기셨다. 당신이 두고 혼자 먹으려는 욕심이 아니다. 손녀들이 학교에서 돌아오면 이불 속에 묻어두었던 음식을 꺼내놓곤 했다.

어머님은 치매가 오기 전까지는 무척 깔끔하고 정갈한 분이셨다. 깨끗한 그릇이나 봉지에 담아서 묻어두는 것도 아니고 음식 그대로 묻는다. 이불과 침대 커버를 매일 빨아야 하기에 짜증스러웠다. 그럴 때마다 애들처럼 이러면 안 된다고 타이르듯 달래 보기도 하고, 부둥켜안고 울어도 보았지만, 이미 기억을 상실하신 어머님께는 소용없는 일이었다.

어머님은 26년을 우리와 함께 살다가 96세에 돌아가셨다. 우리가 결혼할 당시에는 70세였다. 어머님은 고생을 많이 하셨다고 했다. 그래서 그런지 허리가 많이 굽으셨다. 지팡이가 어머님의 다리였으며, 머리는 반백을 넘어 백발이셨다. 부지런하고 일이 몸에 밴 어머님은 굽은 허리로 텃밭에 채소를 가꾸는 일이며 집안일까지도 틈틈이 도와주셨다.

어머님은 큰아들이 아닌 막내아들과 사는 게 조금은 부담스러웠을까? 그래도 우리가 편했는지 우리와 같이 사는 것을 원하셨다. 당신의 주장은 내세우지 않고 모든 일을 우리 부부에게 맡기고 편하게 해주셨다. 어머님의 덕을 보고 산 셈이다. 어머님의 이해와 배려로 고부간의 갈등을 모르고 순탄하게 결혼 생활을 할 수가 있었다. 그토록 건강하고 성실하셨던 어머님도 가는 세월은 어쩔 수 없었다. 90세가 되면서 중풍으로 쓰러지고 치매까지 겹쳤다. 어머님은 정신을 잃었어도 자식과 손녀들만큼은 기억에서 놓지 않으셨다. 손녀들이 학교에서 돌아올 때면 거실에 앉아 대문만 바라보고 계셨다. 남편의 퇴근이 늦는 날에도 시선을 현관에서 떼지 못하셨다. 가족이 모두 집에 들어온 뒤에야 어머님 방에 네 발로 기어 들어가셨다. 어머님은 유난히 자식 욕심이 많으신 분이다. 어머님이 젊으셨을 때는 병원도 없었다고 했다. 요즘 같으면 그럴 리가 없겠지만 의술이나 약이 부족했던 때라서 자식을 많이 잃으셨다고 했다. 맨 위로 시누이를 낳고 아래로 여러 명 잃었다며 생각하기도 싫다고 하시는 걸 보면 어머님의 마음고생은 짐작이 가고도 남는다. 막내인 남편과 네 살 위로 시숙님을 살려내셨다. 맏시누이와 막내인 남편과는 20세 차이가 난다. 그러니 살아남은 자식들이 얼마나 귀했으랴. 애지중지 키우셨다고 했다.

결혼을 며칠 앞두고 남편은 내게 할말이 있다고 했다. 그러면서 내 눈치를 보는 것 같았다. 망설이며 쉽게 말을 꺼내지 못하는 남편에게 다그치듯 말을 꺼내게 했다. 어렵게 말을 꺼낸 남편은 낮은 목소리로 우리가 어머님을 모시고 살아야 한다고 했다. 조부모님과 부모님, 고모와 삼촌, 육 남매의 대가족이 모여 살았기에 부모님 모시는 것은 자식으로서 당연하다고 생각했던 터라 두렵지 않았다. 망설임 없이 "네!" 하는 내가 고마웠는지 긴장했던 얼굴이 환해졌고, 고맙다는 말을 거듭했다. 시부모님을 모시기 싫어하고 맏며느리 자리를 거부하던 시절이라서 막내아들인 남편이 홀어머님을 모신다고 말하기가 무척 조심스러웠던 모양이다. 덧붙여 어머님의 식성도 말해주었다.

"어머니는 고기를 싫어해."

이 말을 기억에 두고 있었다. 그런데 막상 결혼을 하고 보니 고기를 싫어하는 것이 아니고 좋아하셨다. 어려운 살림에 자식들을 조금이라도 더 먹이려고 거짓말을 했던 것이다. 그런데 남편은 어머님의 그 말씀을 진실로 알고 있었다.

어머님은 거동이 불편해지고 활동량이 적어지면서 치매가 더 심해졌다. 부축을 받고 겨우 화장실에 갈 수 있는 상태에서 몸을 부리고 자리에서 움직이지 못하셨다. 그러면서도 손녀들이 학교에서 돌아오면 손을 이불 속에 넣고 더듬더듬 무엇인가를 찾고 계셨다. 어머님의 수발을 거들며 마음이 아플 때도 많았다. 하지만 잔병에 효자 없다는 말을 실감나게 했다. 당신의 의지와 상관없이 대소변을 가리지 못하는 모습을 지켜보며 울기도 하고 짜증내기도 했던 순간들이 부끄러워 고개가 숙여진다. 잠시 참지 못하고 힘들어 속상해했던 지난날이 후회로 다가온다. 산까치는 묻어놓은 도토리를 찾지 못한다고 했다. 그토록 기억력이 좋던 어머님이 산까치의 행동을 닮으신 것이다. 자식들과의 좋은 인연을 잊어야 저승으로 가는 길이 편하기에 어머님께 치매가 온 것은 아니었을까?

첫 경험

엄청 떨렸다. 난생처음이다. 한 번도 해본 적 없는 일이다. 여자들이 하는 일이기에 쉽게 생각했고 조금의 걱정도 하지 않았다. 남이 하는 일은 쉽게 보였는데 경험을 해보고서야 쉽지 않다는 걸 알 수 있었다. 오래전부터 계획된 일이었다. 준비하여 실수 없이 잘해보자는 당부의 말씀이 있었다. 누구나 할 수 있는 일이기에 '준비할 게 뭐 있을까.' 하며 대수롭지 않게 생각했었다. 잠깐이면 되는 것이기에 잘할 수 있을 거라는 자신감도 있었다. 성스럽게 생각하고 즐거운 마음으로 이날을 기다려왔다. 갑작스런 일도 아니고 미리 책임을 맡겨줬기에 걱정은 전혀 하지 않았다. 미사 후에 교우님들이 빠져나간 뒤 예행연습도 했다. 누워서 떡 먹기보다 쉬운 일로 생각하고 '그까짓 것쯤이야' 했던 것이 큰 오산이었다. 지역 자치단체의 대표로 대중 앞에서 큰 행사를 이끌며 진행도 했었다. 크고 작은 행사를 여러 번 하면서도 두려움이나 떨리는 것은 없었다. 관중이 많은 무대에도 자신 있게 올라가 떨지 않고 노래 부르며 살랑살랑 애교스럽게 춤을 추기도 했었다.

성당에서 심신미사를 시작하기 전이었다. 아! 그런데 이게 웬일일까? 미사가 시작되고 순서를 기다리고 있는데 가슴이 쿵쾅쿵쾅 뛰기 시작했다. 두근거림을 떨치려고 미사 전 기도문을 할 때도 큰 소리로 읽었다. 입당성가를 부르는 시간에도 목소리를 높여 크게 불러 보았다. 심호흡도 크게 해보고 가슴을 쓸어내리며 진정시키려 했지만 좀처럼 진정되지 않았다. 드디어 내 순서가 돌아왔다. 한 걸음 두 걸음 두손을 모으고 천천히 제단 위로 올라가 독서대 앞으로 갔다. 내가 맡은 일은 성서 구절을 읽는 독서 시간이다. 처음으로 해보는 것이지만 나름 또박또박 잘 읽어 내려갔다. 그런데 영어도 아니고 한글을 읽는 것인데 두근두근 떨리는지 참 별일이었다.

성당에 다닌 지 13년이 훨씬 지났지만 제단에 올라가 본 것은 처음이다. 복사님들과 미사 전에 자매님께서 미사 준비를 갖추려고 사뿐사뿐 조심스럽게 올라갈 뿐, 아무나 올라갈 수 없는 엄숙한 곳이다. 교우들에게 들킬까 봐 아무리 진정하려 해도 목소리가 가느다랗게 떨리는 것은 어쩔 수 없었다. 교우님들은 느끼지 못했을지라도 중간쯤에 앉아서 미사에 참여하고 있는 남편은 알 수 있었을 것이다. 아내의 목소리가 떨리고 있다는 것을.

남편이 아내의 떨리는 목소리를 듣고 있자면 얼마나 불안할까 싶어 신경이 쓰였다.

우리 성당은 매월 첫째 주 토요일은 신심미사가 있는 날이다. 레지오마리에 두 팀이 맡아서 신부님과 미사를 봉헌한다. 본당 신부님과 손님 신부님, 복사님 두 분이 내가 서 있는 뒤편 의자에 앉아 계셨다. 앞에는 많은 교우님들이 마스크를 착용하고 엄숙하게 앉아 있다. 넓은 성당 안에는 숨소리조차 들리지 않고 조용하다. 마이크를 통해 성능 좋은 음향기에서 나오는 나의 떨리는 목소리를 모를 리 없었을 것이다.

성당에 다니게 된 동기는 특별하다. 2009년 여름, 내게 갑상선 암이라는 진단이 있고 남편은 놀라 어찌할 바를 몰랐다고 했다. 그러다가 순간 하느님께 의지하며 매달리는 수밖에 없다고 생각하고 나의 손을 잡고 성당을 찾은 것이다. 남편과 함께 6개월의 교리를 마치고 세례를 받은 뒤 다니기 시작했다. 남편은 스스로 하느님을 믿고 찾아서 그런지 믿음이 좋아 성당 일이라면 우선으로 생각하고 열심히 다녔다. 나는 어쩜 돌팔이라고 해야 맞을 성싶다. 그저 남편의 손에 이끌려 다니는 수준이었다. 그러다 보니 어렵게 평화의 모후 팀으로 레지오마리에 참여하고 있다. 그리고 옛날 벽에 걸려 있는 큼지막한 벽시계의 동그란 시계추처럼 그저 성당의 문턱만 왔다 갔다 하며 주일만 지키는 정도였다. 그날 신심미사에는 나에게 주님의 말씀을 선포하는 임무를 맡기셨다. 주님의 말씀을 올바로 전하며 말씀을 듣는 사람들도 축복하시어 내가 전하는 하느님의 말씀을 들을 때 사람의 말로 받아들이지 않고 사실 그대로 하느님의 말씀으로 받아들여 그들의 마음속에서 살아 움직이게 해야 한다. 그런데 나의 첫 경험은 이렇게 떨림으로 신부님과 교우님들을 긴장시키고 말았다.

오월에 반하다

동이 막 트는 이른 새벽 텃밭을 둘러볼 요량으로 현관을 나섰다. 강남으로 갔던 제비가 돌아와 처마 밑에 집을 짓고 있다. 길을 잃지 않고 용케도 잘 찾아왔다. 해마다 봄기운이 돌면 은근히 기다려지는 우리 가족이 된 제비다. 올해도 기다림에 실망은 주지 않았다. 작년에 우리 집에서 살던 그 제비일까? 우리 제비라는 표시를 해놓거나 명찰을 달아주지 않았으니 알 수가 없다. 쌍으로 보이는 제비 두 마리가 부지런히 뭔가를 물어 나르며 들락거리더니 아담한 집을 한 채 뚝딱 지어 놓았다. 현관문을 여는 소리에 놀라 날쌔게 둥지에서 날아간다. 매번 현관문을 열고 닫을 때마다 그렇게 놀랠 거면서 하필 현관문 위에 둥지를 지을 게 뭐람. 두 마리가 집을 짓느라고 바쁘더니 요즘은 한 마리만 보인다. 아마 암컷은 새끼를 부화하려고 둥지 안에서 알을 품고 있는 모양이다. 수컷으로 보이는 제비는 알을 품고 있는 암컷에게 먹이를 나르는지 이따금씩 눈에 띈다. 때로는 긴 전깃줄에 외롭게 앉아 지지배배, 지지배배 노래를 하는 건지, 통하지는 않지만 대화를 하자는 건지, 목청을 높인다.

현관문을 여는 순간 발을 내딛기도 전에 코끝을 자극하는 진한 꽃향기가 현관문 안으로 밀고 들어온다. 화단에 피어 있는 연보라색 라일락꽃 향기다. 어찌나 향기가 진한지 앞집과 옆집, 뒷집 마당까지 덩실덩실 넘나든다. 옆집 아줌마도 라일락 꽃향기에 반해서 무슨 꽃향기가 이렇게 좋으냐면서 담장 위로 넘어다본다. 작은 꽃이 내뿜는 향기를 욕심 내지 않을 수 없을 것이다. 아니 꽃향기에 반해서 훔쳐가고 싶다고 한다.

텃밭 가장자리에 심어 놓은 과실나무 중에서 하얀 매화꽃이 제일 먼저 봄을 알리며 피었다. 요염하게 목련이 자태를 드러내고 살구꽃과 자두, 앵두꽃이 연분홍색을 띠고 예쁘게 피며 봄소식을 한아름 안고 왔다. 과실나무 꽃들이 지고 뒤이어 형형색색의 철쭉이 꽃대궐을 이룬다. 철쭉이 오랜 시간 햇볕에 퇴색되며 떨어지고 곧이어 라일락이 향기를 내뿜으며 우리 집을 에워싼다. 그 옆에서 향기가 없는 작약이 나지막하게 숨을 죽이고 꽃봉오리를 탐스럽게 맺고 있다. 곧 터트릴 기세다. 나는 지금 이렇게 화려한 우리 집 오월에 반해 있다.

4월은 가장 잔인한 달이라고 한다. 이 말은 영국의 시인, T.S

엘리엇의 <황무지>라는 시에서 유래했다고 한다. 제1차 세계대전 이후 유럽의 황폐한 상황을 상징적으로 그린 작품이다. 세계대전 이후 황폐화된 정신적 공황 상태를 간접적으로 묘사한 시다. 인간의 마음은 황무지에서 여전히 황폐한데 자연은 새로운 생명이 움트고 꽃을 피우기 때문에 상대적으로 4월이 더욱더 잔인하게 느껴졌을지도 모른다. 이후 많은 사람들이 <황무지>의 '잔인한 달'이라는 구절을 자주 인용했고 그래서 억울하게도 4월은 잔인한 달이 되지 않았을까 싶다.

<황무지>에는 "죽은 땅에서 라일락을 키워내고 추억과 욕정을 뒤섞고 잠든 뿌리를 봄비로 키운다."라는 대목이 있다. 뿐만 아니라 많은 시인들은 라일락의 향기에 반해 많은 시를 탄생시켰다. 이렇듯 많은 작품에서 나온 라일락이 오월이 되면서 우리 화단에서도 피어 나를 그 진한 향기에 취하게 한다.

3년 전, 동생네 밭둑에서 옮겨 심었다. 동생은 조경수를 많이 키운다. 우리 집 화단 가장자리에 심을 회양목을 부탁하여 남편과 함께 동생 밭으로 캐러 갔다. 논두렁에 걸림돌처럼 거추장스럽게 심어 놓은 라일락을 보았다. 잎이 피기 전이라 라일락인 줄도 몰랐다. 동생네 논두렁에 있으니 내 것처럼 생각 없이 캐왔다. 화단을 다시 조경하려 했던 터라 우리 화단에 옮겨 심으면 좋을 성싶었다. 며칠 뒤에 안 일이다. 동생이 밭에 가보고 라일락이 없어진 것을 알았다고 했다. 모르는 사람이 캐간 줄 알고 노발대발했다고 한다. 내가 캐왔다는 말에 다행이라고는 했지만 좀 씁

쓸한 표정이었다.

텃밭을 기웃거리며 어린 새싹에서 짙은 청록으로 변해가는 채소들을 바라보며 신비함에 놀라기도 한다. 오월은 모든 것이 활기를 되찾아 왕성하게 성장하는 계절이다. 모든 사람에게 오월만큼 활기와 건강을 잃지 말고 힘차게 긍정적으로 활동할 수 있게 해달라고 새로운 아침을 맞을 때마다 기도한다. 생기가 넘치는 청록의 계절 오월에 반해 있다.

아버지 같은 동생

"오빠가 많이 아픈가 봐. 서울 병원으로 정밀검사 받으러 갔대."

여동생한테 걸려온 전화 내용이다. 가슴이 철렁했다. 갑자기 당황하거나 생각지도 않은 큰일을 당했을 때 하는 말로 알고 있었는데 내게도 정말 가슴이 철렁하는 소식이 전해왔다. 아버지처럼 든든하고 믿음직스런 큰동생이 건강검진을 받고 이상 소견이 나와 전문병원으로 정밀검사를 받으러 서울로 갔다고 한다. 심각하다는 것이다. 며칠 전, 걱정은 안 해도 된다고 했던 말은 누나를 안심시키기 위해 태연한 척했던 모양이다. 누나한테는 엄살을 부려도 되련만 이렇게 많이 아픈데도 내색하지 않는 속이 깊은 큰동생이다. 우리 육 남매는 부모님이 암으로 돌아가셔서 건강에 신경을 많이 쓰고 있는 편이다. 있을 수 없는 일이고 믿기지 않는 일이기에 가슴이 떨리는 것은 어쩔 수 없었다. 아무리 생각해도 너무도 어처구니없는 일이다.

남동생 세 명과 여동생 두 명 그리고 맏이인 나와 우리는 육남매다. 효자 효부로 소문이 난 부모님 밑에서 대가족이 모여 살며 할아버지의 교육을 잘 받고 자라서인지 어렸을 때부터 말썽을 부린 적 없이 착한 동생들이다. 큰동생은 장남이라서 그런지 육 남매 중에서도 제일 가정적이고 이해와 배려심이 깊다. 사회에서나 직장에서도 인정을 받고 있다. 물론 집안에서도 어른을 공경할 줄 알고 집안 대소사에 작은 일 하나도 놓치지 않고 꼼꼼히 챙기며 잘 이끌어가는 우리 가문의 기둥 역할을 톡톡히 하고 있다. 마음도 태평양처럼 넓고 너그러운 것은 말할 것도 없다. 고등학교 교사로 재직하면서도 주말에는 농사를 지으며 영락없는 털털한 농촌 아저씨 같은 느낌을 주는 마음이 넉넉하고 정이 많은 동생이다.

동생은 결혼하여 분가해서 살다가 어머니가 돌아가시고 나서 고향집으로 이사하여 살고 있다. 살기에는 불편하지 않은 넓은 양옥집이지만 아파트에서 살다가 단독주택에서 살기에는 할일들이 많아 다소 불편이 따를 것이다. 그러나 걱정과는 달리 오히려 자연과 벗삼아 재미나게 잘 살고 있다. 직장생활을 하면서 주말과 조석으로 농사도 제법 잘 짓고 부모님을 도와 드리며 배운 조경수를 재배하여 부수입도 톡톡히 올리고 있다. 봄이면 부모님 산소가 있는 산에서 고사리도 꺾고 냇가에서 다슬기와 민물 새우, 우렁이를 잡아 지인들과 나눠먹기도 하고 가끔 친구들도 초대하며 즐겁게 살고 있다. 어릴 적부터 살아온 고향집이지만 직장과 멀어서 출퇴근하기에 불편한데도 더 부지런해져서 좋다고 한다.

어른들이 '효자가 효자를 낳는다.' 고 하시던 말씀이 생각난다. 부모님께서는 지역에서 효자 효부로 칭찬이 자자했던 분이다. 그러한 부모님을 보고 자라서 부모님께 무척이나 잘했던 동생이다. 농사를 천직으로 알고 사시던 부모님을 위해 주말마다 내려와 농사일을 도와 드리며 주말을 온통 부모님 농사일을 돕는 데 사용했던 동생이다.

아버지가 60세에 일찍 돌아가시고 홀로 계신 어머니를 돕기 위해 주말마다 내려오면서 어머니께 불효를 하는 것은 아닌지 모르겠다던 동생. 농사일을 내려놓고 편히 쉬셔야 할 어머니가 동생이 주말마다 도와주러 내려오니 농사일을 놓지 못하고 힘든 일을 하고 계시는 것 같다고 했다. 정말 속이 깊은 내 동생. 부모님의 효심을 그대로 닮은 동생이다.

동생은 마을에 사는 어른들에게도 힘든 일이 있으면 도와 드리며 인정을 베풀고 산다. 친정 마을에서 한참 떨어진 외진 마을에 사시는 할머니를 일요일마다 성당에 모시고 다닐 정도다.

지난 2018년도에는 전라북도교육청에서 수여하는 모범 공무원상을 받기도 했다. 직장에서도 성실하게 맡은 일을 충실히 잘

하고 있는 것 같아 흐뭇했다.

어쩜 큰동생은 우리 육 남매의 기둥이며 우리 집안을 활활 일으키는 든든한 버팀목 역할을 하고 있다. 이렇게 착하고 성실한 동생이 아프다니 믿기지 않는다. 내가 해줄 수 있는 것이 아무것도 없어 안타깝다. 아무 일 없기를 기도하며 의사의 소견이 오진이기만 바랄 뿐.

순옥이

참말로 희한한 여자다. 욕을 해도 밉지 않고 매력이 철철 넘치는 여자다. 거칠고 듣기 거북한 욕은 아니다. 구수한 전라도 토박이 사투리 욕을 뜬금없이 툭툭 내뱉듯이 던져 웃음을 준다. 하는 짓마다 귀엽고 예쁘다. 어찌나 재치가 있고 순간순간 웃음을 자아내게 하는지 순옥이가 가는 곳이면 분위기가 금방 화기애애하다. 정말 매력이 있는 여자다. 이미지에서 느껴지는 구수하고 꾸밈없는 매력은 억지스럽지 않다. 함께 직장생활을 하면서 순옥이를 싫어하거나 거부하는 사람은 본 적이 없다. 정말 좋은 여자다.

좋은 말을 해도 때로는 상대의 기분을 상하게 해서 오해로 이어질 때가 있다. 그런데 순옥이는 말을 돌려 하지 않고 숨김없이 직설적으로 있는 그대로 해도 오해하는 사람이 없다. 다른 사람이 순옥이처럼 말을 하면 분명히 서운해할 만한 말인데도 전혀 듣기 싫거나 불쾌하지 않다. 세상에 욕을 해도 밉지 않고 폭소를 쏟아내게 하니 어디에서 그런 매력이 나오는 건지 알 수가 없다. 순옥이가 말을 하면 바로 개그다. 순옥이는 남원이 고향이다. 그래서 전라도 냄새가 물씬 나는 전라도 토박이 여자다. 먹는 것도 토속적이다. 어릴 적 시골에서 자라서 그런지 현대 음식보다 나물반찬이나 칼칼하고 깊은 맛을 내는 토속 음식을 좋아한다.

순옥이는 같은 직장에 다니는 동료다. 오랜 세월 같은 일을 하고 있다. 끈끈한 정이 들어 친자매 같다. 직장에서 늘 함께 근무하다 보니 멀리 사는 친동생들보다 더 가깝게 느껴질 때가 있다. 멀리 사는 자식보다 이웃사촌이 낫다는 말도 있지 않는가. 순옥이도 나를 친언니처럼 끔찍이 생각하고 챙겨준다.

우리 회사는 입사를 하면 자신의 경험이나 지식을 바탕으로 삼아서 지도해주고 조언해주며 이론과 현장에서 실습을 담당하는 멘토와 지도 또는 조언을 구해서 도움을 받는 멘티 체계로 되어 있다. 순옥이와 나는 멘티 멘토의 관계다. 연륜이 쌓여 순옥이도 멘토 역할을 톡톡히 하고 있지만 한번 멘토 멘티 관계는 회사를 퇴사하기 전에는 영원한 관계다. 바람이 차갑게 불고 날씨가 엄청 추운 겨울에 함께 현장에서 첫 멘토링을 시작했다. 순옥이는 유난히 추위를 타는 것 같아 보였다. 손이 시려 호호 불고, 발이 시려 동동 구르면서도 묵묵히 참고 잘해주었다. 첫 멘토링 날은 우리의 소중한 추억으로 기억에 남아 있다.

순옥이가 우리 회사에 입사하게 된 동기는 내가 일을 재미있게 하는 것을 보면서 입사하고 싶었다고 했다. 순옥이가 입사를 한다면 잘할 것 같았지만, 한편 서비스업이기는 해도 실적 부분에서는 영업을 해야 하는 부담이 있어 쉽지만은 않은 일일 것 같았다. 그래서 나도 좋은 직장이라고 생각하며 만족은 하지만 100%는 만족을 못하는 터라 많은 생각을 하게 했다. 100% 만족하는 직장이 어디 있으랴. 힘들어하면 어쩔까 싶어 생각이 많았다.

회사에서는 우리를 코디라고 부른다. 우리가 하는 일은 정수기와 환경 가전제품을 렌탈로 사용하는 고객님 댁에 방문하여 주기적으로 필터를 교체해주며 관리하는 일을 하고 있다. 그러면서 실적을 위해 영업을 해야 한다. 자기의 능력으로 한 달 한 달 실적을 쌓아 월급을 만들어야 한다. 근무는 자유롭지만 영업을 겸한 직업이라 이직률이 높은 직업이기도 하다. 입사는 서류전형 심사와 면접 그리고 1개월의 교육을 받고 나서 교육 받은 부분에 대해 시험을 치른다. 합격하고 나면 순발력 있게 이동할 수 있는 자동차만 있으면 된다. 순옥이는 생각한 대로 한 번에 실기와 이론에 합격했다. 우리 일은 매월 새롭게 경쟁하는 일이라서 본격적으로 현장에서 일을 하게 되는데 입사 15년이 지난 지금도 순옥이는 항상 TOP이다. 내가 걱정했던 것과는 달랐다. 의외였다. 정말 대단한 일이며 신기한 여자다.

요즘 자기가 다니는 직장에 만족하는 사람이 얼마나 될까? 나는 만족하고 있다. 주부들에게는 너무 좋은 직장이다. 얽매이지 않고 자유로운 일이다. 딸들이 초등학교에 다닐 때 시작해서 지금까지 20년 넘게 다니고 있다. 적당한 스트레스는 삶에 활력이 된다고 하지 않던가. 능률을 올리는 데 필요한 것이라고 본다. 고객님들과의 만남과 실적을 쌓는 부분에서 조금의 스트레스는 있지만 성장을 위해서는 필요하다고 본다. 작은 스트레스도 없는 생활이라면 무기력해지고 나태해져 자기 발전이 없을 것 같다. 우리 일은 고객에 대한 응대나 실적에 대한 적당한 스트레스가 일에 능률을 높이고 있다고 본다. 순옥이는 어차피 해야 할 일이기에 즐기면서 하는 성격이다. 그러기에 항상 우수한 실적으로 달려가고 있다.

순옥이는 성격이 털털한 것 같으면서도 꼼꼼하고 모든 일에 빈틈이 없다. 효녀 효부다. 지금은 돌아가셨지만 막내며느리인데도 시부모님을 모시고 살았고 친정 부모님께도 엄청 잘한다. 진짜 효녀다. 순옥이는 딸만 둘 있는데 잘 키워서 좋은 직장에 다니고 있으며 엄마를 보고 자라서 그런지 딸들 또한 효녀다. 순옥이는 마음이 넉넉하여 인색하지 않게 베풀고 사는 순박한 한국적인 미를 갖춘 현대의 신사임당이다.

생각을 바꾸면 되는 일

맨 처음, 한 사람이 용기를 내어 자신과 같은 피해를 보는 사람이 있어서는 안 될 것 같아 입을 열었다. 오랜 세월 동안 상처를 끌어안고 살면서 지워지지 않는 악몽이었을 것이다. 동시에 여기저기에서 봇물 터지듯 씁쓸하고 민망한 이야기들이 쏟아져 나온다. 종교계에서도, 정치계에서도, 예술과 문학 분야에서 주름잡던 사람들이 순간 괴물로 변하여 매스컴에 올랐다. 모두 국민들이 우러러보는 신과 같은 인물들이다. 하늘 높은 줄 모르고 달리던 명성 높은 인물들이 하루아침에 낭떠러지로 추락했다. 그 위치에 올라가기까지는 엄청난 노력과 공부를 했으며, 치열한 경쟁 속에서 사투를 벌여 도달했고, 더 높은 곳을 향하여 정진할 기세였다. 그러던 사람들에게 어찌 보면 안타깝고 어리석기 짝이 없는 일이 일어났다. 그들에게 쏟아부었던 국민의 관심이 나 애정은 물거품처럼 사라지고 분노는 하늘을 찌를 듯하다. 실망 또한 말할 나위 없이 크다.

남녀평등시대를 넘어 여성상위시대를 주창하던 일들이 현실로 이어진 지 오래다. 여성들의 지위가 더 높아지기 시작했다. 그러다 보니 남성들의 자리가 여성들에게 밀려나고 남성들의 일자리가 조금씩 위태로워졌다. 공무원들도 여성의 수가 갈수록 증가하고, 초등학교에도 여교사들이 월등하게 많아졌다. 내가 어렸을 때는 남자우월시대였다. 그 시대는 여자라는 이유로 많이 가르치지도 않고, 여자는 집안 살림을 잘하는 것이 우선이라고만 생각했다. 어디 그뿐인가. 직장생활은 생각도 못 할 일이었다. 시대가 바뀌어 여자에게 개방되어 좋아졌다고 생각했는데 가끔 일어나서는 안 되는 일들이 끔찍하게 벌어지고 있어 씁쓸한 뒷맛을 남긴다. 봉건시대의 남자 선호에서 오랜 세월이 지나서야 어렵게 남녀평등으로 자리잡고 인식되었는데 공든 탑이 무너질까 싶다.

요즘 확산되고 있는 'Me Too운동'이 일어나기 2년 전의 일이다. 섬마을에 초임 발령을 받은 아가씨 선생님이 주민과 제자의 아버지에게 성폭행을 당한 사건이 발생했다. 사건이 발생하자 교육부가 내놓은 대책이 있었다. 전국 도서벽지에 여성 교사를 보내지 않겠다는 것이었다. 전국 도서벽지에 근무하는 여성 선생님들은 3,000명쯤 된다고 했다. 그렇다면 요즘 초등학교에서 보기 드문 남성 교사들을 모두 도서벽지로 보내겠다는 뜻이었는지 2년이 지난 지금, 남성 교사들만이 도서벽지로 발령되어 근무하고 있는지 궁금하다. 여성 교사를 안 보내면 된다고 여긴 발상은, 성폭력의 원인 제공자가 바로 여성이라는 식으로 보인다. 여자만 없으면 된다고 생각하는 자체가 모순이 아닐까?

숨기고 있던 피해자들의 증언이 봇물을 이루고 Me Too의 반대편 어딘가에선 이상한 논리들이 판을 친다. '직장 내에서, 여자와는 말도 섞지 말아야 한다, 여자와는 카톡으로 대화를 해야 한다, 여자와는 회의는 물론 회식도 하지 말아야 한다, 여자와는 악수도 하지 말아야 한다.'는 둥 여러 말들이 떠돈다. Me Too에 대응하는 방법이, 어떻게 하면 하나의 인격체로서 상대를 존중하는 사회를 만들 것인가가 아니라 온갖 음모론과 기획설이 난무하는 사회, 결국 도달한 결론이 여자만 없으면 모든 화를 피할 수 있다는 것이라면 그들은 4차 혁명을 얘기하면서 아직도 봉건사회에 사는 존재가 아닌가 싶다.

그런 반면 'Me Too운동'이 확산하면서 우리 일상에도 변화의 바람이 일어나기도 했다. 조금씩 바꾸고 변하면 되기 마련이다. 회식 자리에서는 요즘 뒤풀이가 줄었고, 종업원들에게 존칭을 사용하는 것은 'Me Too운동'으로 인해 변화된 모습이라고 한다. 술자리는 1차에서 끝내고, 종업원들에게 누나, 예쁜이의 호칭으로 바뀌면서 막말하던 손님들이 사라졌고, 남녀 구분 없이 조금씩 자기성찰을 하기도 한단다.

해마다 음주 사고가 끊이지 않던 새 학기 대학가에서는 뒤풀이 술자리가 확 줄었고, 손님의 갑질 논란이 빈번하던 서비스업계에서는 종업원들에게 존칭을 쓰는 모습이 낯설지 않다니 얼마나 다행한 일인가? 높고 낮음을 가리지 않고 인격을 존중해주는 자세가 바로 내 자신의 인격을 높이는 것임에 틀림없다. 최근 대학가에서는 학생회나 학교 자체 차원의 성폭력 예방 활동이 이뤄지고 있다니 정말 다행한 일이다.

'Me Too운동' 피해자들은 심한 트라우마와 심리적 고통을 견디고 살아가다가 큰 용기를 내어 그때 그 사건을 고백할 것이다. 고백 자체만으로도 당시 아픈 기억과 감정을 다시 경험해야 하기 때문에 그들을 비난해서는 결코 안 될 일이다. 피해자들이 2차 피해를 입을 수도 있기 때문이다. 'Me Too운동'으로 촉발된 변화의 움직임에는 남녀 구분이 없다. 자신이 무심코 했던 언행이 상대방에게 불쾌한 감정을 주지 않았는지 자기 성찰을 하는 것이 우선일 것 같다.

여성에 대한 멸시와 폄하를 일삼아 온 사람들이 'Me Too운동'을 계기로 자신을 돌아보아야 한다. "나도 모르게 'Me Too'에 가담하지는 않았을까?"

식당이나 편의점 등에서 일하며 고객의 성희롱 등을 참아야 했던 서비스업계 종사자들은 'Me Too운동' 이후 악질 손님이 눈에 띄게 줄었다고 한다. 좋은 일이 아닐 수 없다. 이대로 젊은 여성들이 불안에 떨지 않고 마음 놓고 일을 할 수 있는 밝은 사회가 되었으면 좋겠다.

3부
눈사람처럼

단단하게 만든 눈사람도 시간이 지나면 귀가 먼저 녹아내리고, 솔잎으로 만든 머리도 녹아 빠져나간다. 까만 숯덩이로 만든 눈썹과 코도 떨어지고 깊이 파놓은 입까지도 녹아 일그러진다. 무쇠와 같던 어머니는 눈사람처럼 오랜 세월 찌든 일로 몸이 서서히 망가져 장기가 녹아내리는 줄도 몰랐다.

편견을 걷어내니

어렵게 시간을 냈다. 직장생활을 하면서 하루도 아닌 나흘이라는 시간을 다른 일에 투자하기란 극히 어려운 일이다. 계획된 날짜라서 미리미리 준비하여 쉽지 않은 휴가를 냈다. 특별한 목적이 있어 시작한 것은 아니지만 살아가면서 노후에 필요할지, 아니면 봉사활동 하면서 필요하지 않을까 싶어 신청을 하고 어렵사리 시간을 냈다. 주변에서는 일을 더 만들지 말고 편히 살라며 오지랖이 넓다고 핀잔을 주는가 하면 극성이라고 말렸다.

하지만 몸이 허락하는 한 도전하고 싶은 용기가 아직 내 가슴에 남아 있다. 내가 일을 무서워하지 않고 새로운 일에 도전하는 걸 보면 정신적으로나 육체적으로 아직 건강한 모양이다. 비장애인을 돕는 것도 쉬운 일은 아닌데 장애인을 돕는다는 것은 극한직업만큼이나 어려운 일이다. 누구나 나이가 들고 늙어지면 자식들의 도움을 받든, 타인의 도움을 받든 도움을 받아야 할 상황에 이르게 된다. 그때가 언제쯤일지는 몰라도 건강이 허락하는 한 무엇이든 더 배워서 봉사를 하고 싶었다.

3년 전, 요양보호사 자격증을 어렵게 취득하였다. 그때도 문제는 시간이었다. 직장에 다니지 않는다면 시간을 내는 거야 어려운 일은 아니겠지만 어렵게 시간을 내어 힘들게 교육을 받으러 다녔다. 요양보호사 교육은 내 가족을 위해서도 필요한 교육이라고 생각해서였다. 시험을 치러야 하는 제도이므로 시험 공부를 하는 것 또한 부담스러운 일 중 하나였다.

시험을 열흘 앞두고는 잠을 줄이고 책상에 앉아 벼락공부를 시작했다. 공부를 하다가 꾸벅꾸벅 졸기도 하고 어쩌다 보면 책상에 엎드려 자는 날도 있었다. 엄청나게 긴장하며 시험을 보았지만 다행히 합격은 되었다, 시험에서 벗어난 때가 꽤 오래되었던지라 운전면허시험을 보러 갈 때처럼 두려움도 컸다.

주변에 장애를 가지고 힘들게 생활하는 사람들을 가끔 볼 때가 있다. 그때마다 뭔가 돕고 싶다는 충동이, 바쁘게 시간을 쪼개어 이리저리 뛰는 나를 가만두지 않았다. 요양보호사 자격증이 있어 5일 교육 중에서 4일만 받아도 된다는 혜택이 있었다. 아마 첫날 교육 내용이 요양보호사 교육과 비슷한 부분이 있는 것 같았다.

얼른 또 신청했다. 그래야 내가 조금이라도 편한 날짜를 선택

할 수가 있는데다 교육도 앞당겨지기 때문이다. 한번 마음먹은 일은 해야 직성이 풀리는 성격이라서 급하게 신청했다. 여러모로 도움이 되는 이번 교육을 받으며 가슴으로 다가오는 느낌이 그만큼 컸다. 나를 변화시키는 시간들이었다.

내게서도 문제점이 발견되었다. 바로 나의 편견이었다. 장애란 선천적인 장애도 있지만, 사고나 살아가면서 질병으로 후천적인 장애를 가진 사람들도 많다. 요즘 문명이나 모든 것이 발달했다고 하더라도 뜻하지 않는 질병과 사고의 위험에서 벗어나지 못하고 있다.

코로나19가 세계를 대란으로 흔들어 놓지 않았는가? 누구라도 험난한 세상에 장애인이 될 수도 있다는 점에서 자유롭지는 못하다. 휠체어를 타고 다닐 만큼 큰 장애를 딛고 비장애인보다 더 우수한 실력으로 전문직에 종사하는 사람들도 늘어간다. 나도 장애인활동지원사 교육을 받기 전에는 길을 가다가 우연히 장애인을 만나면 두려운 마음과 수치스런 생각이 앞서 못 본 체 고개를 돌리고 지나칠 때가 있었다. 행여 도움을 청할까 봐 외면한 것이다.

요즘은 사회에서 장애인들에게 자립할 수 있도록 도와주기도 하고 활동하는 데 불편함이 없게 여러 가지 삶에 도움이 될 지원과 혜택을 준다. 어디에 가나 장애인을 위한 시설이나 장애인들이 불편을 느끼지 않을 정도로 많은 배려를 하고 있다. 내가 이번에 받은 교육도 장애인의 활동을 지원하는 장애인활동지원사 양성 교육이었다. 교육은 사람을 바로 서게 하는 좋은 길잡이다. 이번 교육을 통해 장애인을 바라보는 편견을 내게서 걷어내는 중요한 계기가 되었다. 이제야 비로소 장애인도 우리와 똑같은 사람으로 다가왔다.

이번 교육 중에 〈채비〉라는 영화를 짧게 아주 잠깐 보여주었다. 정신연령은 7세의 30대 장애인 아들을 둔 엄마와 아들의 생활을 그린 내용이다. 울고 웃고 하는 생활 속에서 엄마가 장애 아들을 두고 생을 마감할 때를 채비한다는 스토리다. 장애인 아들을 남겨두고 언젠가는 이승을 떠나야 하는 엄마의 애환을 보면서 교육생들은 소리 없이 눈물을 훔쳤다. 장애인 아들이 혼자 살아갈 수 있게 조금씩 채비해가며 엄마의 마음도 무척이나 아팠으리라.

부끄러움, 수치, 차별, 자격 제한 이 모든 것들이 현실적으로 부딪치는 장애인의 힘든 어려움들이다. 우리나라 여섯 가구 중에서 한 가구에 장애인이 있다고 한다. 사회가 발달함에 따라 재난도 많이 일어나고 사고도 많아 장애인의 수가 비례로 늘어나는 것 같다. 따라서 장애인의 가족 53%가 우울증을 지니고 있다는 내용은 놀라운 일이다.

본인은 물론 부모나 가족이 얼마나 힘들지 짐작이 가는 내용이다. 그간 장애인을 바라보는 나의 시선은 편견으로 덮여 있었다. 이번 장애인 교육을 통해 나의 편견을 걷어내니 내가 바로 보인다.

친정엄마와 2박 3일, 연극을 보고

모처럼 남편과 화려한 외출이다. 모임이나 이런저런 일로 남편과 동행할 때가 많지만 오늘의 외출은 사뭇 느낌이 다르다. 평소 모임 때나 외출 때 자주 입는 자켓을 입고 나서는 남편의 팔을 잡아 끌며 다시 안방으로 들어와 아이보리색 남방에 체크무늬 콤비로 바꿔 입게 했다. 옷이야 남편이 알아서 잘 챙겨 입지만 다른 때와 달리 남편 의상에 신경을 써줬다.

"이 옷이 어때서 그래?"

투덜대면서도 입고 있던 자켓을 벗고 다시 갈아입는다. 산뜻해서 더 젊고 멋져 보였다. 남편은 별일이라는 표정이다. 여느 때와 다른, 자주 있지 않은 나름의 화려한 외출이기에 의상에 신경을 써 준 것이다.

많이 기다려온 오늘이다. 막내딸이 〈친정엄마와 2박 3일〉을 전주에서 공연한다는 광고를 보고 일찍 예매해야 좋은 좌석에서 볼 수 있다며 3월 초에 티켓 2장을 예매해 주었다. 적지 않은 입장료지만 딸들 덕에 특별한 공연이 있으면 가끔 관객이 된다. 멀게 느껴졌던 4월 21일, 아빠와 함께 다녀오라는 막내딸의 당부가 있었지만 남편이 선뜻 나설지 궁금했다. 영화나 유명한 개그맨의 공연은 같이 관람했지만 〈친정엄마와 2박 3일〉은 제목부터 왠지 눈물 깨나 쏟을 법하지 않는가? 그래서 여자들이나 보는 것 아니냐며 싫다고 사양할 줄 알았다. 내 생각과는 달리 남편은 흔쾌히 갈 수 있다고 대답했다. 간간이 콧노래도 부르며 기다려온 오늘이다. 한편 기대하면서 좋아했지만 제목에서 풍기듯 돌아가신 친정엄마를 떠올렸고 때론 눈물을 적시기도 하며 이날을 기다렸다.

드디어 오늘, 주차하기가 복잡할 것 같아 조금 일찍 서둘렀는데도 입구부터 자동차로 빼곡하다. 어렵게 주차하고 공연장 모악당으로 들어섰는데 남자는 드문드문 손가락으로 셀 정도였고 관객들은 거의 여자였다. 친구들과 어울려 온 중년 여성들, 엄마와 딸로 보이는 모녀들이 대부분이었다. 아니나 다를까 남편은 '엄마하고 딸하고 보는 연극인데' 하며 멋쩍은 표정이었다.

"오늘 여기에 온 남자들은 애처가들이고, 대단한 남자들이여!"

하며 기를 세워주었다. 그랬더니 남편은 나를 바라보며 씽긋 웃는다.

관객들이 자리를 꽉 메우고 시작 시간에 맞춰 희미한 불빛마저 꺼졌다. 어둠과 함께 소곤소곤 들리던 낮은 소리도 멈추고 고요해졌다. 관객들은 모두 어떤 장면으로 시작될지 깜깜한 무대쪽을 주시하고 있을 것이다. 그때 낯익은 주연배우의 구수한 인사말이 어둠 속에 퍼졌다. 이윽고 자전거를 타고 극중 아버지가 등장하면서 연극이 시작되었다. 눈물과 감동, 웃음이 섞인 친정엄마와 딸의 사랑을 진하게 버무려낸 감동의 스토리였다.

명문대를 졸업하고 대기업에서 잘나가던 딸이 간암에 걸려 3개월밖에 못 산다는 시한부선고를 받고 소식도 없이 친정으로 내려왔다. 딸은 2박 3일 동안에 그동안 친정엄마와 못했던 일들을 하나씩 하나씩 눈물을 삼켜가며 해나가지만 친정엄마는 갑자기 내려온 딸의 행동에서 이상함을 느낀다. 갑자기 서울에서 내려온 딸과 친정엄마의 2박 3일 생활이 두 시간으로 압축되어 전개된다. 친정엄마는 자식들을 모두 타지로 떠나보내고 아버지도 안 계신 친정집에서 엄마 혼자 전기장판에 의지하며 지내고 있었다. 엄마의 궁상맞은 모습에 마음과 달리 궂은 목소리만 쏟아내는 딸. 아무 말 않지만 무슨 일이 있는 게지 싶어 딸의 눈치만 살피며 걱정하는 엄마다. 딸의 대사 중에서 더 많은 눈물을 쏟아내게 한 말은 엄마와 같이하고 싶은 10가지 일들을 나열하는 장면이었다.

그중에 한 가지라도 할 수 있게 친정엄마가 살아계신다면 얼마나 좋을까? 친정엄마가 살아계신 사람이 무척 부러웠다. 10가지 내용 중에 '엄마에게 친하게 대답하기' '사랑한다고 말하기'였다. 대부분의 딸들은 친정엄마는 모든 걸 받아주고 이해해주고 편하기에 쉽게 마음속에 있는 생각을 그대로 쏟아낸다. 마음은 그게 아니지만 고생하는 엄마를 보면 속이 상해서 거침없이 하는 말들이다. 나도 그랬다. 가족을 위해 희생하고 고생하는 엄마에게 자식으로서 딱하게 보여 자주 소리를 높이곤 했었다.

'일 좀 그만하시라고, 왜 고생만 하시냐고, 희생하지 말라고. 엄마를 위해서도 살라고…….'

내가 엄마가 되고 나서야 알게 된 일이다. 엄마에게는 가족을 위해 일을 하고, 희생하는 것이 행복이었다는 것을……. 극중의 딸도 그런 친정엄마가 무척 마음에 걸렸던 모양이다.

요즘 사랑한다는 말은 상대에게 공감을 주는 좋은 말이라 자주 사용하다 보니 예사로 들린다. 좋고 쉬운 말인데 나에게는 참으로 어려운 말이었다. 나는 부모님께 한 번도 해보지 못한 말이다. 존경하고 하늘처럼 여겨 왔던 엄마께 단 한 번도 사랑한다는 말을 왜 못했는지 진짜 바보 같은 내게 질책할 때가 많다. 한 번 가면 다시는 오지 못하고 아무리 보고 싶어도 만날 수 없는 하늘나라로 가시려는 엄마의 임종을 지켜보면서도 '사랑했다고, 사랑해요.' 라는 말이 입에서 떨어지지 않아 하지 못했다. 하염없이 눈물만 흘렸을 뿐. 목까지 차오르는 말이었지만 바보처럼 하지 못했다. 천하에 못난이가 아닐 수 없다.

극중의 딸은 앨범을 넘기며 지난 추억을 회상해보기도 하고, 엄마와 쇼핑도 하고, 맛있는 것도 먹으며 하루를 보낸다. 뜬금없이 사진을 찍자는 말에 아무것도 모르고 마냥 어린이처럼 기뻐만 하는 엄마. 시한부 3개월 판정을 받은 여동생의 소식을 듣고 찾아온 큰오빠가 시골집으로 찾아오면서 친정엄마와 딸의 행복했던 시간은 끝난다. 대성통곡을 하며 나뒹구는 친정엄마를 보며 내 가슴도 오래된 지난날이 떠오르며 아렸다. 내가 갑상선암으로 수술을 받았을 때 그 바쁜 중에도 잠시도 내 곁을 떠나지 않고 간호하며 지켜주셨다. 그때 나는 오랜 시간 엄마와 함께 있어 호강 받는 것 같아 속없이 좋았지만, 엄마는 극중의 친정엄마처럼 내가 안 보는 곳에서 대성통곡을 했는지도 모른다. 그리고 엄마는 내가 아프기라도 하면 모두 엄마 탓으로 돌렸다.

"미안하다. 내가 튼튼하고 건강하게 낳았어야 하는데……."

스토리는 큰 굴곡 없이 잔잔하지만 배우들의 한마디 한마디가 가슴을 파고드는 장면들이었다.

나의 친정엄마는 5년 전에 돌아가셨다. 무정한 딸이라서 그런지, 가끔 생각날 때도 있지만, 평소에는 잊고 살아간다. 연극을 보며 불효를 한 것 같아 가슴이 미어지는 듯했다. 엄마 생각으로 설움이 북받쳐 눈물을 참기가 힘들었다. 나뿐만이 아니었다. 여기저기서 훌쩍이는 소리가 들렸다. 음향이 높은 소리를 내는 틈을 타고 찍찍거리며 참았던 코를 크게 훌쩍였다. 남편은 살며시

내 손을 잡아주었다.

〈친정엄마와 2박 3일〉은 자식을 위해 헌신하며 살았던 우리네 어머니의 실상을 그린 연극이었다. 누가 시키지 않아도 저절로 되는 게 자식 사랑이라는 주연배우 강부자의 대사가 가슴을 뭉클하게 했다. 엄마라는 이름은 듣기만 해도 가슴 따뜻하고 저절로 눈물이 난다.

"내 엄마여서 고마워요. 엄마가 내 엄마여서 좋아요."

"네가 내 딸이어서 좋다."

모녀의 대화 장면에서는 눈물을 참기가 정말 힘들었다. 옆 사람을 의식할 것없이 훌쩍훌쩍 울고 말았다. 엄마라는 이름만으로도 가슴이 따뜻해지고 가슴이 뭉클해지지 않는가? 이 연극을 보면서 참 많은 생각을 했다. 돌아가신 뒤에 후회하지 말고 살아계실 때 잘해드리는 것이 가장 큰 효도라는 것을 절실히 깨달았다.

역시! 내 동생

"영락없는 언니 동생이여. 역시 언니 동생다워요."

직원이 사무실에서 나를 보더니 대뜸 하는 말이다. 어떤 동생을 보고 그러는 건지 한동안 동생들을 떠올리며 멍하고 있었다. 머릿속에서는 다섯 동생이 번갈아 그려진다. 나는 동생이 다섯 명이다. '동생이 다섯 명이나 되는데 어떤 동생을 말하는 거지?' 하면서도 직원이 여자이기에 직원과 나이가 비슷한 막내 여동생을 말하는 줄 알았다. 그랬는데 직원은 둘째 남동생 이야기를 꺼낸다. 둘째 남동생을 보았다고 하니 갑자기 기분이 좋아지고 힘이 났다. 둘째 남동생은 착하고 성실하기 때문에 분명히 좋은 일이겠지 했다. 나도 여기저기서 동생에 대한 칭찬의 소리를 많이 들었다. 착하고 인성이 바른 동생이기 때문이다. 인정 또한 철철 넘친다.

직원은 코로나19로 인해 어려운 지인을 도와주려 근무를 마치고 오후 시간에 가끔 지인이 운영하는 음식점에 간다고 했다. 하늘은 넓고 세상은 좁다더니 직원이 다니는 음식점 주인이 여동생과 동창이고 내가 아는 후배였다. 그러다 보니 자연스럽게 내 이야기가 오고가고 우리 동생들 이야기까지 했다고 했다. 그러면서 언니네 가족들은 화목하고 우애가 깊고 좋은 사람들이라고 고장에서 소문났다고 덧붙였다. 어느 날 둘째 남동생이 지인 2명과 식사를 하러 왔는데 음식점 사장님께서 내 동생이라고 알려주었다고 했다. 직원은 내 동생이라고 하니까 눈여겨보았는데 어쩜 그렇게 겸손하고 예의 바른지 놀랐다고 했다. 한자리에 동석한 지인들에게 선물도 준비해 오고 동생이 계산을 안 해도 되는 자리인 것 같은데 음식 값을 미리 계산하는 것을 보며 역시 언니 동생이라고 감동했다고 한다.

내 동생은 관공서에 근무하고 있다. 오래전, 신입 때의 일이다. 근무하는 관공서 내의 많은 직원들 중에서 친절 공무원으로 뽑히기도 했다. 그리고 대통령상을 받을 만큼 성실하고 책임감이 강한 우수한 공무원이다. 우리 가족의 자랑이기도 하다. 동생은 몇 년 전에 고향 면에서 면장으로 근무를 했었다. 부모님이 평생 농사를 지으며 사셨던 분이라 농부의 심정과 노고에 대해 잘 알고 있을 것이다. 그러기에 무더운 여름 땡볕에서 일하는 주민들을 찾아 좁은 논길 밭길을 다녔다. 시원한 박카스를 가지고 다니며 피로를 풀어주고 주민의 소리를 들었다고 한다. 그럴 때마다 많은 걸 느꼈고 부모님이 비록 농사를 지으며 사셨지만 이토록 훌륭한 분인 것을 그때야 알았다고 했다. 육 남매 모두 착하게 남들에게 선한 일을 많이 하지만 특히 둘째 남동생은 나무랄 데가 조금도 없는 동생이다. 내 동생들이 대견하고 자랑스럽다.

우리 마을은 내 고향과는 달리 쌀농사를 주로 한다. 모든 것이 기계화되어 농사를 지어도 많은 일손이 필요하지 않다. 그러기에 할일이 많지 않은 부지런한 사람들은 멀리 다른 고장으로 일을 하러 다니는 분도 계신다. 내 고향은 사계절 바쁜 곳이다, 조경수를 많이 심고 특수작물을 많이 하는 고장이기 때문이다. 그분은 내 고향으로 일을 다니신다고 했다. 그분도 내게 동생 이야기를 해주었다.

“면장님이 동생이라고? 왜 이렇게 친절해. 겸손하고 예의도 바르고. 일하는 곳에 와서 애쓴다며 격려해주고 갔어.”

내 동생은 그 고장에서 박카스 면장이라고 부른다고 했다. 정말 기특하다. 친절하고 성실한 동생이다. 면장을 하면서도 훌륭한 부모님께 조금이라도 누가 되지 않으려고 신경을 쓰지 않을 수가 없었다고 했다. 행동 하나하나 조심할 수밖에 없었다는 동생이다. 어릴 적부터 크고 자란 고향에 면장으로 부임했으니 얼마나 감회가 깊었을까? 그리고 가는 곳마다 주민들로부터 돌아가시고 안 계신 부모님의 칭찬 말씀을 들을 때면 더 잘해야겠다는 힘과 용기가 생겼다고 한다. 역시! 내 동생이다.

가지냉국

우리가 먹는 음식에도 계절이 있다. 이열치열(以熱治熱)이라고 하지만, 추운 겨울철에는 김이 모락모락 피어나는 따뜻한 음식을 찾게 되고, 무더운 여름철에는 시원한 음식을 선호하게 된다. 요즘처럼 삼복더위에는 얼음이 동동 떠 있는 냉면이나 콩국수, 오이냉국, 미역냉국 등, 시원한 음식이 단연코 인기다. 따뜻하게 먹어야 제맛을 느끼는 줄로만 알았던 멸치국수도 여름철에는 시원하게 냉국수로 달리 요리해서 별미로 인기를 얻고 있다. 멸치국수는 면발을 삶아서 찬물에 헹구어 노란 양은양푼에 담아 진하게 우려낸 따끈한 멸치장국에 말아먹는 것으로만 알고 있었다. 이렇게 전통으로 내려오는 음식도 여러모로 달리 요리를 한다.

텃밭에 심은 가지가 아침 이슬을 머금고 반질반질 윤기를 내며 먹음직스러워 보였다. 뚝 따다가 살짝 쪄서 갖은 양념을 넣어 맛있게 가지나물을 만들었다. 반은 가지나물로 접시에 담고, 반은 냉수를 붙고 얼음을 동동 띄워 가지냉국으로 만들었다. 동글하고 움푹한 유리그릇에 가지냉국을 넘실거리게 담고, 넓은 접시에 담은 가지나물을 가지런히 식탁 위에 올려놓았다. 식탁에 마주앉은 남편과 딸은 가지냉국을 보더니 생소하다는 듯 의문스러운 눈빛으로 한참을 바라보았다.

"가지냉국이야."

궁금할까 봐 묻기도 전에 말을 해주었다. 내 말이 끝남과 동시에 딸이 반문하듯 묻는다.

"가지냉국?"

가끔 오이를 주재료로 오이냉국은 요리했었다. 그러나 가지냉국을 요리해서 식탁에 올려놓기는 처음이다.

딸은 처음 보는 가지냉국에 식욕이 당기지 않고 맛있게 보이지 않았던 모양이다. 남편과 딸은 맛있다고 먹어보라는 내 말을 믿지 못하는 듯, 선뜻 가지냉국으로 숟가락을 가져가지 못하고 있다.

"보기 좋은 떡이 맛이 있다."는 옛말이 있다. 음식은 눈으로 먼저 맛을 본다. 눈으로 식욕이 당기면 손은 당연히 따라가게 되어 있다. 먹음직스러워 보이면 입맛이 당기기 때문이다. 가지냉국은 눈으로 맛을 보기에는 구미가 끌리지 않게 보인다. 익은 가지는 선명하고 진한 보랏빛을 잃고 갈색으로 변했다. 몇 개 띄운 얼음 사이로 양념과 참깨가 동동 떠 있을 뿐이다. 그러니 보기에는 맛이 있어 보일 리가 없다.

어렸을 때는 좋아하지 않았던 음식들이 나이가 들면서 생각이 난다. 가지냉국뿐만 아니라 어머니가 해주시던 음식들이 새록새록하다.

어렸을 때 어머니께서 만들어 주시던 가지냉국의 맛을 떠올려 보지만 그때 그 맛하고는 사뭇 다르다. 어머니께서 요리했던 그 맛을 내지 못하는 걸 보면 음식은 손맛이라더니 손에서도 맛이 나는 것 같다.

가지나물을 요리할 때면 항상 아버지가 생각난다. 아버지는 가지나물뿐만 아니라 단단하고 쫄깃한 음식보다 대부분 무른 음식을 좋아하셨다. 치아 때문이었던 것 같다. 아버지가 지금의 내 나이쯤이었을 때 치아 때문에 고생을 많이 했던 기억이 난다. 지금처럼 전문치과가 있는 것도 아니고 단방약으로 순간 고통을 진정시키며 견디셨다. 치아도 유전인가 보다. 부모님한테 좋은 것만 닮으면 좋으련만 몇 해 전부터 나도 치아가 부실해서 치과를 옆집에 마실을 가듯 한다. 여러 개가 온전하지 못하다. 그러기에 식성도 아버지와 같이 무른 음식을 찾게 되는 것 같다.

어렸을 때, 여름철이 되면 가지냉국이 밥상에 자주 올라오고 맛있게 드시는 아버지의 모습을 보았다. 아버지는 가지냉국을 무척 좋아하셨던 것 같다. 내 딸들이 가지냉국의 맛을 모르듯, 나도 어렸을 적에는 가지냉국의 맛을 몰랐다. 아니 싫어했던 것 같다. 그런데 나이가 들면서 가지냉국의 맛이 되살아난다.

어머니는 가족이 잠에서 일어나기 전, 어둑어둑한 새벽에 제일 먼저 일어나 우물가에서 달그락달그락 김치 담을 준비를 하고 계셨다. 그 옛날 냉장고가 없었던 시절이다. 익은 김치보다 생김치를 유난히 좋아하는 가족을 위해 매일 김치를 담아야 했다. 꼭두새벽에 일어나지만 김치를 담고 15명이나 되는 대식구의 아침밥을 짓는 일은 무척 힘들고 바쁜 일이다. 이른 새벽 확독에 물고추를 가는 소리가 어린 우리에게는 알람 소리였다. 그 소리에 더 못 자고 졸리는 눈을 비비며 잠자리에서 일어났다.

어머니는 내 손에 소쿠리를 들려주며 뒷밭에 가서 가지와 오이를 따오라는 심부름을 시키셨다. 잠이 덜 깬 상태에서 눈꺼풀이 무거워 내려오지만 눈을 비비며 뒷밭으로 갔다. 우리 집 뒤에 있는 밭이라서 그 밭을 뒷밭이라고 불렀다. 뒷밭에 가는 길은 잡초가 무성한 풀밭 길이었다. 밤사이에 비가 온 것처럼 많은 이슬이 내려 바짓가랑이를 돌돌 말아 올려도 바지와 신발을 이슬로 적시기 일쑤였다. 고무신을 신은 발은 이슬로 가득차고 찌걱찌걱 물소리를 냈다. 밭둑에 수북하게 우거진 잡초를 헤치며 이른 새벽에 가지를 따러 가는 일은 아무튼 싫었다. 그래서 가지냉국을 싫어했는지도 모른다. 가지냉국을 요리할 때마다 아버지의 까맣게 그을린 얼굴이 동그랗게 떠오른다. 불효만 한 것 같아 가슴이 먹먹해 온다.

눈사람처럼

별일이다. 한겨울에 눈이 아닌 비가 여름 장맛비처럼 사흘이나 계속 내렸다. 삼한사온이 뚜렷한 우리나라에서 겨울이 없어지려는 징조인가? 12월도 지나고 해를 넘어 1월 중순으로 들어섰다. 예년 같으면 눈이 내려도 여러 번 내렸을 것이다. 올해는 이상기온의 날씨가 계속되고 여기저기 계절을 잃은 꽃소식이 들려온다. 겨울비는 지나가고 나면 추워진다. 그런데 추워지기는 커녕 봄비가 내린 것처럼 포근하다. 겨울다운 추위도 없이 동장군은 겨울을 잊은 채 겨울잠을 자고 있는지 이대로 봄이 올 것만 같다. 지구가 환경오염으로 온난화가 계속되면서 우리나라의 사계절에 영향을 미친 게 분명하다. 밤새 몰래 눈이 내리면 나무와 지붕, 장독대와 대지에는 눈으로 소복소복 쌓여 은빛으로 변한 세상이 너무 좋았다. 아름다운 하얀 세상을 볼 수 없게 될까 봐 아쉬움이 크다. 핸드폰으로 눈 소식이 언제쯤 있는지 일기예보를 검색해보지만 눈을 상징하는 눈사람의 모형은 없다. 비를 의미하는 우산이 보일 뿐이다. 앞으로 겨울에 하얀 눈은 기대를 말아야 할지. 눈사람은 그림으로나 볼 수 있을 것인가?

눈이 내리면 빙판이 되기 마련이고 행여 미끄러져 넘어질까 봐 조심조심 걷지만 순간 미끄러져 넘어질 때도 있다. 젊을 때는 순발력이 있어 크게 다치지 않지만 나이가 들어 넘어지면 골절의 위험이 높다. 친정어머니는 설날이 다가올 무렵, 하얀 쌀을 불려 옆 동네 방앗간에서 가래떡을 뽑아 머리에 이고 돌아오시다가 눈길에 미끄러져 팔에 골절이 생기는 큰 사고를 당했다. 넘어지면서도 자식들에게 나누어 줄 가래떡은 쏟지 않았다고 했다. 어쩌면 머리에 이고 있던 가래떡을 안전하게 하려다가 친정어머니가 더 큰 상처를 입었는지 모른다.

어머니는 119에 실려 병원에 가셨고 골절 수술을 해야 한다는 진단을 받고 수술 준비 검사에 들어갔다. X-레이 촬영을 마치고 가족들을 급하게 부른 의사의 말에 모두 놀랐다. 큰 병원으로 옮겨서 정밀검사를 받아보라는 것이다. 이미 온몸에 암이 퍼져 있어 손을 쓸 수 없다는 사실이 믿기지 않았다. 항상 건강하시던 어머니가 암이라니, 가족들은 모두 말문이 막혀 서로 멍하니 서서 말을 꺼내지 못했다.

큰 병원으로 옮겨 정밀검사를 받았다. 결과는 어머니가 살아계실 날이 3개월밖에 남지 않았다고 했다. 청천벽력 같은 말에 하늘이 무너지는 것 같았다. 우리 육 남매는 어머니의 말씀은 곧 하늘이라 믿고 살아왔고 천사처럼 고운 마음씨를 가진 어머니는 집안에서는 물론 모든 사람의 본이 될 만큼 좋은 분이셨다. 그런 어머니가 3개월밖에 살 수 없다니…….

우리 육 남매는 한시도 어머니 곁을 떠나지 않고 함께했다. 저녁에는 새벽까지 남동생들이 병실을 지켰고, 낮에는 나와 여동생들 그리고 올케들이 함께했다. 날이 갈수록 어머니는 야위어 가고 그렇게 100일쯤 지났다. 돌덩이처럼 단단하게 만들어 놓은 눈사람도 시간이 지나면 조금씩 녹아내리듯 무쇠라는 별명을 얻을 만큼 감기나 몸살을 모르고 억척스럽게 일만 하시던 어머니도 따스한 햇살이 퍼지고 꽃들이 화려하게 피던 봄날, 하늘나라로 가셨다. 자식들에게 하고 싶은 이야기와 가정사 모든 것을 깔끔하게 정리하여 육 남매에게 맡기고 곱고 편안한 모습으로 그렇게 눈을 감으셨다.

겨울이 오면 눈을 기다린다. 바쁘게 일상에 묻혀 살다 보면 돌아가신 어머니를 잊고 살게 된다. 그러다가 눈이 내리면 어머니 생각이 난다. 가슴이 아프다. 눈길에 넘어지면서 팔에 골절이 생겨 어머니의 병이 조금이라도 빨리 발견되어 다행인지도 모른다. 영원히 살 것처럼 믿고 미루다가 못한 효를 100일 동안 할 수 있었다고나 해야 할까? 돌아가시지 않고 평생 우리 곁에 함께 있을 줄로만 알고 미뤘던 효도를 짧은 기간에라도 할 수 있어 그나마 불행 중 다행이었다고나 해야겠다.

단단하게 만든 눈사람도 시간이 지나면 귀가 먼저 녹아내리고, 솔잎으로 만든 머리도 녹아 빠져나간다. 까만 숯덩이로 만든 눈썹과 코도 떨어지고 깊이 파놓은 입까지도 녹아 일그러진다. 무쇠와 같던 어머니는 눈사람처럼 오랜 세월 찌든 일로 몸이 서서히 망가져 장기가 녹아내리는 줄도 몰랐다. 나이가 들면 당연히 그러는 줄로 알고 아파도 참고 계셨던 걸까? 아니면 자식들이 걱정할까 봐 아프다는 말을 못하고 참고 계셨던 걸까? 병을 숨기고 참고 사셨던 어머니를 생각하면 가슴이 아프다.

오래전, 어린 딸들과 손이 시린 줄도 모르고 하얀 눈을 굴려 큼지막한 눈덩이 두 개로 눈사람을 만들었던 때가 어렴풋이 떠오른다. 머리와 수염은 소나무 가지로 붙이고 코와 눈썹은 까만 숯덩이로, 귀는 눈을 뭉쳐 투박하게 만들었다. 제법 근사하게 만들어 마당 한쪽에 안전하게 자리잡아 주었다. 시간이 지나고 며칠이 지나 서서히 녹아내리니 눈사람이 죽었다며 울던 어린 딸의 모습이 떠오른다. 어머니도 겨울 내내 서서히 병실에서 그렇게 가셨다. 봄이 오는 길목에서 녹아내리던 눈사람처럼…….

미흡한 손님 대접

평생교육원에서 수필 공부를 한 지 벌써 5년째다. 수필에 대해서 잘 모르는 사람들은 등단을 했는데도 계속 공부를 해야 하는 거냐며 언제쯤 졸업하느냐고 묻는다. 수필 쓰기는 공부를 할수록 어렵고, 쓸수록 어렵다. 그러면서 한 편 두 편 쓸 때마다 조금씩 나아지는 것을 느낀다. 학교가 아닌 인생 공부에 졸업이 있을까?

처음 수필을 쓸 때는 독자에게 전달하는 메시지도 없이 어쩌면 일기를 쓰듯 그런 형식이었다. 몇 해 동안 수필 공부를 하며 얻은 지식을 바탕으로 조금씩 나은 글이 탄생하는 것을 희망하며 해를 거듭하게 된다.

오랜 기간 동안 공부를 하는 또 하나의 이유는 같은 반에서 공부하는 문우님들과의 정 때문이다. 글을 읽고 좋은 점과 고쳐야 할 부분들을 서로 공유하며 수필의 끈을 놓지 않고 계속 글쓰기를 하게 되는 것도 그 이유 중의 하나다. 문우님들과도 이젠 가족 같은 느낌이다.

수필을 통하여 문우님들의 성격과 가정사까지 알게 되고 문우님들 역시 우리 집에 대해서도 훤히 들여다보고 있을 것 같다. 수필은 자기의 경험을 허구가 없이 솔직하게 써서 독자에게 감동과 메시지를 전달하는 글이기 때문이다.

텃밭에 심어 놓은 채소들이며 귀한 제비가 시멘트 벽에 아슬아슬하게 집을 지은 광경을 글과 수업을 하면서 '칭찬 합시다' 시간을 통하여 자랑만 한 꼴이 되었으니 한 번쯤 초대를 하고 싶었다. 손수 웰빙 음식을 장만하여 식사 대접도 하고 싶었다. 막상 초대를 하여 대접을 하고 보니 미흡하고 어설픈 대접을 한 것 같아 부끄럽기 짝이 없다.

김덕남 총무님의 카톡을 받았다. 수업을 마치고 출발한다는 내용이다. 한 가지 음식이라도 더 맛있게 준비하려고 고객과의 약속은 뒤로 미루고 전날 오후부터 큰 배추를 4등분하여 소금에 절이고 김치 담을 준비를 했다. 문우님들께 한 조각씩이라도 나누어 드릴 요량으로 다른 때보다 배추를 2배로 많이 준비했다.

그런데 총무님이 2교시 수업인데 1교시를 마치고 온다는 전화가 왔다. 계획대로라면 1시간이 빨라진 것이다. 갑자기 마음이 바빠졌다. 토속적인 음식을 차례차례 요리하려고 재료를 준비했는데, 시선이 자꾸 시계를 향하고 있다. 어쩔 수 없이 옆집 아줌마에게 도움을 청해 김치 버무리는 일을 맡겼다. 바쁠 때는 언제든지 도움을 청할 수 있는 친정엄마 같은 분이다.

세수만 하고 있던 얼굴에 화장을 할 새도 없었다. 이를 어쩌지? 50대는 분장을 한다는 유머가 있다. 나이를 먹다 보니 나도 분장을 해야 봐줄만 하지 않던가. 어쩔 수 없었다. 곧 도착할 문우님들을 위해 음식을 준비하는 것이 우선이었다.

계획했던 음식 준비를 다하지 못했는데 문우님들이 도착했다. 그냥 오셔야 하는데 손에 선물들을 들고 오셨다. 미안하고 받는 손이 부끄러웠다. 텃밭과 시멘트 벽돌에 아슬아슬하게 지어 놓은 '5급 제비' 라고 이름을 붙여준 제비집을 구경하고 거실로 들어오셨다. 미리 밥상을 차려놓고 바로 드시게 했어야 했다. 그런데 한참 후에 밥상을 차려 냈으니 미안하기만 했다.

며칠 전에 친구들과 함께 손수 장수 장안산에서 뜯어온 귀한 삿갓나물과 고사리나물은 요리할 시간이 없어 포기해야 했다.

빠진 음식 때문에 부랴부랴 차려 낸 밥상은 왠지 어설프기만 했다.

식사를 하는 동안 임석재 반장님께서 추억으로 남기시려는지 이쪽에서, 저쪽에서 사진을 찍으셨다. 그때서야 내가 분장을 안 했다는 생각이 들었다. 여자의 속살을 내보인 듯 부끄러웠다. 예쁜 모습만 보다가 화장기 없는 맨얼굴을 보고 문우님들이 더 놀라지 않았을까 싶었다. 이미 엎질러진 물이다.

정말 맛있게 드셨을까? 음식이 입맛에 맞았을까? 한 가지 음식이라도 더 내놓고 싶었지만 시간이 없어 아쉬웠다. 모두들 바쁘신지 숟가락을 놓자마자 차도 마시지 않고 간다고 일어나셨다. 시간을 매어놓고 담소도 나누며 더 놀다 가셨으면 했다.

우리 집에 오신 손님에게는 뭐라도 드려야 마음이 편한데 고작 생김치 한 조각씩뿐 드릴 것이 없었으니 미안한 마음뿐이었다. 텃밭의 여러 가지 채소를 뜯어 한 봉지씩 드리고 싶었다. 좋아하실 줄 알고 아껴 두었는데 바쁘셔서 그랬는지 그냥 가셨다.

그렇게 가시고 나서 설거지를 하며 이것저것 생각이 났다. 식사 후에 후식으로 준비한 식혜도 내놓지도 못했다. 내가 쓴 수필 <삐뚤어진 토마토>의 주인공한테 사온 반듯한 토마토도 있는데 내놓지도 못했다. 수박도 사다가 시원하게 냉장고에 넣어 놓았다. 문우님들이 급하게 일어서는 바람에 고스란히 남아 있다. 억지로라도 붙들고 더 놀다 가시게 할걸 일찍 일어나셔서 대접을 하고도 흐뭇함보다 서운한 마음이 크다.

그런 무성의한 대접에도 강양순 문우님께서는 댁에 가셔서 곧바로 과찬의 글을 써서 올리셨으니 몸 둘 바를 모르겠다. 정말 대단하신 분이다. 그 연세에도 어디에서 솟아나는지 그 열정을 본받아야 할 일이다. 그리고 송종숙 문우님께서도 e-메일을 보내주시고 총무님께서도 수고했다는 문자를 보내주셨으니 송구한 마음이 더했다.

교수님이 금요반에서 말씀을 하셨을까? 어떻게 알았는지 금요반 최정순 문우님께서도 e-메일을 보내 주셨으니 미흡한 대접에도 이토록 칭찬을 아끼지 않으시는 문우님들과 목요반 문우님들께 감사할 뿐이다. 어쩌면 수업시간에 '칭찬합시다' 숙제를 잘한 덕이다. 작은 일에도 칭찬을 아끼지 않는 것은 칭찬의 미덕이 몸에 배인 것이 아닐까 싶다.

모두 바쁘시겠지만 멀리 전미동까지 모르는 길을 물어가며 오신 문우님들께 다시 한번 더 감사드린다.

(2014. 5. 17.)

부메랑

답답하고 불편하기 짝이 없다. 특히 안경을 쓰고 다니는 사람은 더 불편함을 느낀다. 마스크를 착용하고 다니다 보니 보통 신경쓰이는 게 아니다. 안경에 입김이 서려 앞이 보이지 않고 눈앞을 희미하게 가리고 있다. 답답한 것으로는 당장 마스크를 벗어버리고 싶다. 몇 해 전만 해도 특정 직업을 가진 사람이나 겨울철에 감기에 걸린 사람이 사용하는 마스크로만 생각했다. 가뭄에 콩 나듯 마스크를 착용하고 다니는 사람을 드물게, 아주 드물게 보았다. 그때는 대부분 감기 환자였다. 그런데 올해는 갑작스럽게 신종 코로나19 바이러스라는 전염병이 생기면서 마스크를 착용하지 않은 사람을 볼 수가 없다. 외출할 때는 필수품이 되었다. 마스크를 안 하면 겁이 없는 사람, 통 큰 사람이 된다. 또한 주위 사람들한테 눈총을 받는다. 왜 이런 전염병이 생겨서 전 세계가 비상시태가 됐는지 모르겠다. 의학이 발달해서 그 무서운 암도 완쾌되는 시대에 바이러스 전염병에 긴장하고 있으니…….

이런 것이 재앙인가 싶다. 요즘은 아는 사람을 만나도 악수를 안 하고 주먹치기를 한다. 악수를 안 하는 게 아니고 못하는 거다. 입과 코를 마스크로 가린 체 간단하게 목례와 눈인사로 반가움을 대신한다. 서로를 배려하는 의미일 것이다. 이러다가 오랜만에 만나거나 반가운 사람을 만날 때 악수하는 인사법이 없어질지도 모른다는 생각이 든다. 그리고 마스크를 하고 다니니 자주 보는 사람 아니고는 알아보지 못하고 그냥 스치는 경우가 많다.

관공서나 문학행사 등, 크고 작은 모든 행사들이 취소되었다. 사람들이 특별한 일 아니면 외출을 자제한다고 한다. 해외여행은 물론 국내여행 계획을 했던 사람들이 위약금까지 내가며 취소했다고 한다. 나도 직원들과 3월에 푸켓으로 해외여행 계획을 하고 예약을 했었다. 16만 원이나 위약금을 내고 취소했다. 많지 않은 돈이지만 쓰지 않고 내려니 무지 큰돈같이 느껴지고 많이 아깝다. 그래도 어쩌랴. 요즘 사태가 그런 것을.

신종 코로나19 바이러스로 인해 중국에서는 많은 사람들이 죽고 우리나라에도 확진자들이 하루가 다르게 늘어난다. 곧 잠잠해지겠지 했는데 불안은 더 커가고 있다. TV뉴스에 나오는 걸 보고 많이 갈등했다. 며칠 그러다가 주춤하겠지 아니 사라지겠지 하며 감행하려 했다. 하지만 계속 확진자가 늘어 어쩔 수 없이 취소한 상태다. 해마다 이때쯤이면 왜 자꾸 전염병이 생기는지 알 수가 없다. 조류독감, 메르스, 사스 등 전염병 때문에 많은 고생들을 하곤 했다. 그래도 많은 시일이 걸리지 않고 종식되어 생활에 크게 지장은 받지 않았다.

이번 신종 코로나19 바이러스로 인해 우리나라뿐 아니라 세계적으로 많은 경제적 손실을 입고 있다. 대기업 자동차 회사도 휴업에 들어갔다고 한다. 부품이 중국에서 만들어 들어오는데 중국 부품공장의 휴업으로 부품을 만들지 않으니 우리나라에 있는 자동차 회사가 임시 휴업에 들어갔다고 한다. 앞으로 얼마나 많은 손해를 끼칠지 걱정된다.

내 친구는 면 마스크를 만드는 사업을 하고 있었다. 황사와 미세먼지로 인해 사시사철 호황을 누리며 공장이 쉴 사이 없이 바쁘게 가동되어 1년 내내 비수기가 없었다. 해마다 호황이었다. 항상 바빠서 얼굴 보기가 힘든 친구였다. 그런데 이번 코로나19로 인해 폐업을 하게 되었다. 마스크도 면 마스크로는 감당이 안 되어 KF-80을 넘어 KF-94를 착용해야 안전하다고 하니 공장을 접을 수밖에 없었다고 했다. 코로나19로 인해 마스크가 부족하여 마스크 전쟁까지 치러야 하니 걱정이다. 요즘 마스크 선물이 최고다. 하루 쓰고 버리는 마스크가 부(部)를 가린다는 말까지 있으니 이를 어찌할까? 한심하다. 마스크를 방역이 잘되면서 편하고 다양한 모양으로 만들어 마스크패션시대라고도 한다.

사람이 많이 모이는 음식점이나 헬스크럽 영화관 여러 곳들이 손님이 현저하게 줄어 울상을 짓고 있다고 한다. 어느 해보다 더 심각한 것 같다. 언제쯤이나 코로나19가 종식이 될지 모를 일이다. 이대로 시일이 오래가면 피해를 보는 사람이 너무 많을 것이다. 음식점은 손님이 없어 문을 닫는 곳이 늘어나고 있고 자영업자들은 물론 영세사업자들이 주저앉고 있다. 특히 자라나는 새싹들이 학교에서 공부를 해야 하는데 학교에 못 가고 집에서 화상으로 공부하고 있는 사태까지 이르게 되었다. 이 모든 것이 우리 인간들이 자연과 환경을 마구 훼손하고 우리가 쓰고 버린 많은 것들이 환경오염이 되어 일어난 일이다. 부메랑이 되어 다시 우리 인간에게 돌아온 재앙이다.

비빔밥을 비비다

전라도 음식은 맛이 좋기로 유명하다. 특히 전주 음식은 전라도에서도 으뜸이다. 비빔밥은 전주를 상징하는 대표 음식으로 미식가가 아니라도 전주 비빔밥을 모르는 사람은 없다. 이제 한국을 벗어나 세계에까지 널리 알려지고 있다.

전주에서는 결실을 맺어 풍요롭고 마음까지 넉넉한 요즘 한국음식관광축제가 열리고 있다. 음식의 제조 과정을 연출하고 그 진수를 맛보임과 동시에 전주를 널리 알리려는 큰 행사다.

전주는 2010년 5월에 세계에서 네 번째, 한국에서는 최초로 유네스코가 인정한 '음식창의도시'로 선정되는 영광을 만끽했다.

유네스코는 2004년부터 다양한 예술 분야에서 우수성을 인정받은 도시를 '창의 도시'로 선정하고 있다. 음식 분야에서는

2005년도에 콜롬비아 포파안, 2010년도에 중국 청두, 스웨덴 오스터순드에 이어 세계에서 4번째이자 국내 최초로 전주시가 선정이 되었다. 이로써 전주는 세계의 다양한 도시와 네트워킹을 구축하고 한국 음식의 세계화에 앞장서는 대표적인 도시로 자리매김할 수 있게 되었다.

이에 힘입어 전주는 국내외의 관광객을 유치하는 데도 유리한 고지를 선점한 셈이다. 오색으로 불타고 있는 이 가을에 지금 월드컵경기장에서 국제발효식품엑스포가 열리고, 한옥마을과 그 일대에서는 여러 가지 음식 만들기 대회며 음식 전시회와 비빔밥축제가 열려 많은 관광객들의 눈과 입까지 즐겁게 하고 있다. 한옥마을 주변은 온통 사람의 물결로 발을 내디딜 틈도 없다. 음식의 고장 전주가 유네스코 음식창의도시로 선정되어 전주의 전통음식인 비빔밥을 널리 알리고자 성황리에 비빔밥 축제를 열고 있는 중이기 때문이다.

비빔밥 축제가 열리는 날, 가장 관심을 끌었던 것은 많은 양의 비빔밥을 비벼 관광객들에게 나누어 주며 비빔밥의 맛을 알게 하는 행사였다. 전주전통문화원의 넓은 뜰을 가득 채운 맛 자랑은 장관이었다. 전주시의 33개 동에서 선발된 솜씨꾼들이 모여 미리 준비해 온 갖가지 재료로 비빔밥을 비볐다. 올해는 전주 비빔밥의 품격을 높이기 위해 창의성이 뛰어난 우수한 동을 선정하여 시상도 했다.

행사 진행에 맞추어 미리 준비한 재료를 넣고 맛있게 비빈 비빔밥을 관람하던 시민과 관광객들에게 나누어 주었는데 불과 10분도 안 되어 동이 나면서 전주 비빔밥 나눔 행사는 끝이 났다. 인산인해를 이룬 사람들이 한 그릇씩 받아들고 먹으며 "맛있다!"는 소리가 여기저기에서 터져 나왔다. 전주를 찾은 국내외 관광객들에게 전주 비빔밥의 맛을 확실하게 보여준 행사였다.

전통의 맛을 살리려고 한복을 입고 널따랗고 큰 옹기그릇에 밥을 비비는 광경은 이색적인 볼거리였다. 조금이라도 더 맛깔스런 비빔밥을 만들려는 열의로 넓은 행사장이 후끈후끈했다. 그릇의 모양과 비빔밥의 재료는 조금씩 달랐지만 맛있는 비빔밥을 비비려는 마음은 한결같았으리라. 내가 참여한 동은 남녀 모두 똑같은 한복을 입었다. 합심하는 모습을 보여주기 위해서였다. 많은 사람들의 눈길을 모으고 칭찬을 들었다. 한복에 앞치마를 두르고 길고 하얀 모자를 쓴 주방장 차림에 조금은 어색하고 쑥스러움도 있었지만 서로 예쁘고 어울린다며 매무새를 만져주고 기념사진을 찍기도 했다.

이 축제에 참여하기 위해 전날부터 시장을 다니며 좋은 재료를 사고, 다듬고, 씻고, 많은 사람들에게 전주의 맛을 선보여야 한다는 자부심으로 정성을 쏟았다. 봉사자들과 함께 다른 동의 솜씨를 기웃거리며 특색이 있게 만들려고 정탐도 했다. 행사를 치르는 동안 한옥마을 주변은 고소한 참기름 냄새가 진동했다. 아마 참기름 냄새가 멀리에 있는 사람들까지 모여들게 하였는지도 모른다. 비빔밥을 비비는 참가자들과 관광객들의 얼굴에는 행복한 미소가 번졌다. 이 미소는 외국 관광객들을 통하여 세계로 퍼져나갈 것이다. 정성을 다해 준비한 신선한 재료와 전주의 인심이 합쳐져 비빔밥의 맛이 더 좋지 않았을까 싶다. 봉사는 이토록 즐겁고 행복한 일이다.

이번 축제 기간에 전주 한옥마을을 찾은 관광객은 외국인을 포함해서 지난해 61만 명에 이어 올해는 65만여 명이 다녀갔다는 보도가 있다. 전주 음식을 재생하고 특히 전주 비빔밥을 알리는 좋은 계기가 되었으니 성공적인 축제임에 틀림없다. 전주의 비빔밥축제가 해를 거듭할수록 한옥마을을 찾는 관광객의 수가 느는 걸 보면 눈과 입까지 즐겁게 해주는 멋진 한마당 축제로 자리매김했다는 뜻이다. 앞으로 음식의 고장답게 맛과 정을 느낄 수 있는 다양한 행사를 마련했으면 좋겠다.

전주 비빔밥을 비롯하여 유명 음식을 홍보하는 각종 홍보관과 체험장은 전주 시민과 전주를 찾는 관광객들에게 여러 가지 풍습을 보고, 느끼고, 즐기며 체험할 수 게 되어 있었다.

나는 2012년부터 해마다 한국음식관광축제에 참여하여 우리의 전통 전주 비빔밥을 비볐다. 많은 관광객들에게 나누어 주며 전주 시민으로서 전주를 알릴 수 있는 큰 행사에 참여했다는 것에 뿌듯함을 느꼈으며 자긍심도 생겼다. 이 밖에도 한옥마을 거리마다 여러 가지 다양한 형태의 전통 체험관과 전시관들의 볼거리가 사람들의 발걸음을 계속 이어지게 했다.

이제 전주비빔밥축제가 전주 시민의 축제를 넘어 세계의 축제가 될 수 있도록 우선 전주 시민 모두가 동참하여 관심을 가졌으면 좋겠다. 전주는 세계 네 번째로 음식창의도시가 되어 이제 한국을 넘어 세계가 인정한 맛의 고장이 되었다. 머지 않은 날, 전주의 음식 특히 전주 비빔밥이 세계 최고가 되기를 기대해본다.

뽕잎차

바싹 마른 뽕잎을 예쁜 그릇에 담아 팔팔 끓인 물을 붓는다. 잠시 기다리면 뽕잎이 부풀면서 연녹색으로 우러난다. 향기롭지는 않지만 풋풋한 향이 퍼진다. 이게 바로 뽕잎차다. 이렇게 우린 따끈한 뽕잎차를 호호 불어 한 모금 입에 물었다. 은은한 뽕잎의 향이 입안 가득하다. 평소 녹차 종류는 즐기지 않았다. 풋풋한 냄새가 싫어서였다. 그런데 어머니의 정성이 담긴 뽕잎차를 자주 마시다 보니 어느 순간 적응이 되었다. 당뇨에 좋은 것이라며 어머니께서 손수 만들어주신 정성을 생각하며 신경써서 챙겨 먹다 보니 습관처럼 마시게 되었다. 뽕잎차는 맛이 깔끔하고 마시고 나면 입안이 개운해서 좋다. 따끈한 뽕잎차가 목을 타고 내려가면 어머니의 모정이 온몸에 전율로 느껴온다.

어머니께서는 이른 봄이면 뽕나무의 연한 애기 순을 따서 큰 솥에 찐 후 응달에 말려서 뽕잎차를 만드셨다. 성치 않은 몸을 이끌고 딸을 생각하며 비탈진 산 밑 다랑이 밭둑에 서 있는 뽕나무의 가지를 휘어잡고 땄을 것이다. 자신의 몸 크기만큼이나 큰 보따리를 만들어 머리에 이고 내려오는 모습이 떠오르며 어머니에 대한 그리움은 더해온다.

친정에 가면 못 주어서 한이 된 사람처럼 여러 가지 농산물을 바리바리 싸주던 어머니이시다. 집에 와서 풀어 놓으면 너무 많아 옆집도 주고, 앞집도 주고, 뒷집도 주고, 이웃에 나누어 주기 바빴다. 친정에서 가지고 왔다고 자랑하고 싶어서 그랬을까? 친정에 가면 챙겨주는 어머니가 계신다는 것을 자랑하고 싶어서였을지도 모른다. 이웃들에게 신나게 나누어 주다 보면 막상 우리 식구가 먹을 것은 부족할 때도 있었다. 그래도 이웃과 나누는 기분은 흐뭇하고 재미있었다.

그러나 세월은 그렇게 좋기만 했던 행복을 마냥 허용하지 않았다. 영원히 살아계실 것만 같았던 어머니가 돌아가신 지 몇 해가 지났다. 이제 어머니께서 이것저것 싸주시던 보따리는 추억 속의 그림일 뿐이다. 어머니의 정성을 생각하며 아껴서 먹던 뽕잎차도 조금밖에 남지 않았다. 차츰차츰 줄어들어 바닥이 드러나니 이제 남아 있는 것은 먹기도 아까울 뿐더러 보기조차 아깝다. 뽕잎이 가득 담겨 있던 큰 유리 항아리였는데 빈 공간이 커질수록 어머니에 대한 그리움도 더 커진다.

눈물이 핑 돌아 눈을 지그시 감고 어머니를 떠올렸다. 어머니에 대한 추억은 늘 보따리가 따라 다녔다. 여러 가지 채소와 특수작물을 재배하여 시장에 내다 팔아서 시동생들과 자식들을 가르치느라 늘 채소 보따리를 머리에 이고 다니셨다. 농사를 지어 시장에 내다 팔 적기가 된 채소는 단을 지어 높이 쌓아 보자기로 묶어 큰 보따리로 만들었다. 어린 내 눈에는 어머니의 체중보다 무거울 것 같은 큰 보따리를 머리에 이고 버스승강장으로 가시던 모습이 지금도 생생하다. 그때는 시내버스가 큰 보따리를 시장까지 이동하는 유일한 수단이었다.

어머니가 푸념하시던 모습이 생각난다. 큰 보따리를 실으려면 시내버스 기사님은 짐을 싣는 버스가 아니라며 태워주지 않을 때도 있었다고 한다. 그렇게 창피를 당하면서도 마을을 경유하는 첫차에 보따리를 실어야만 했다. 전주시 전동에 있는 새벽시장에 나가 중간상인에게 팔고 얼른 돌아와 식구들의 아침밥을 챙겨야 했기 때문이다. 이런 날이면 어머니는 파김치가 되어 돌아오셨다.

그 후 농기계의 발달로 경운기가 나왔다. 우리 집도 서둘러 경운기를 장만하여 큰 보따리를 싣고 새벽시장에 다녔다. 이때부터 아버지와 어머니는 꼭두새벽 조용한 정적을 깨고 통통 소리를 내며 시장에 다녀오곤 하셨다.

그리고 몇 년이 지난 뒤, 아버지는 운전면허를 취득하고 용달차를 구입하셨다. 그 용달차가 하는 일은 농기구를 논밭으로 운

반하는 일과 큰 보따리를 싣고 새벽시장에 가는 일이었다. 그런데 어머니가 편하게 새벽시장에 다니던 것도 잠시였다. 용달차를 운전하던 아버지께서 야속하게도 회갑도 못 되어 지병으로 세상을 떠나셨기 때문이다. 어머니의 큰 보따리들은 이때부터 차츰차츰 작아졌다. 그마저 감당하기가 힘드셨던지 새벽시장으로 가는 보따리는 더 이상 없었다.

그 뒤 큰 채소 보따리는 농산물을 몇 가지씩 싼 작은 보따리로 변하여 자식들 6남매와 시동생, 시누이들에게 나누어 주기 바빴다. 어머니의 손가락은 반듯하게 펴지지 않고 굽어 있었다. 관절염은 아니라고 했다. 오랜 세월 일을 해왔기 때문에 어머니의 손은 갈퀴처럼 휜 것이다. 어머니의 갈퀴손은 억척스럽게 일을 하며 열심히 사신 흔적이었다. 하늘나라에서는 편히 사시겠지?

4부
동백을 바라보며

화단에는 긴 겨울을 이겨내고 동백이 통통한 꽃봉오리를 예쁘게 맺고 있다. 곧 우아한 자태를 드러낼 기세다. 그런데 이런 동백을 집 안에 두면 좋지 않다는 이유로 어찌 목을 자른단 말인가? 사람이 살다 보면 좋은 일도 있고 때로는 좋지 않은 일도 있기 마련이다. 상황에 따라 대처해 나가는 힘도 길러주고 좋은 일은 가족들과 나누며 사는 게 현명한 삶일 게다. 동백이 울안에 있으면 좋은 일이 많다고 믿고 싶다.

소소한 행복

햇빛이 눈부시게 강렬하다. 열대지방 못지않은 무서운 더위다. 담장에 걸쳐 넝쿨손만 닿으면 어디든 칭칭 감고 뻗어가던 호박넝쿨, 지지대에 몸을 의지하며 긴 장마에 많은 비로 쑥쑥 크던 고추도 뜨거운 햇빛에 고개를 숙이고 기진맥진이다. 텃밭 구석진 자리에 심은 토란은 하늘 높은 줄 모르고 크더니만 강한 햇빛에 잎이 누렇게 말라간다. 서리가 내리기 전 풍성한 가을이 되면 통통하게 영근 알토란도 한몫할 거라는 기대가 실망으로 이어질까 싶다. 터무니없이 엄청난 비가 내리고 긴 장마가 물러갔다. 윤달이 있기는 하지만 장마가 길어서 더위는 짧고 가을이 빨리 올 줄 알았다. 말복도 지나고 오늘은 처서다. 말복이 되면서 조석으로 습도가 내려가 체감 기온이 낮아져 서늘한 기분이 느껴진다.

하지만 낮에는 기온이 상승하여 35도를 오르락내리락하니 폭염에 주의하라는 안전 문자가 연일 날아온다.

조상들은 처서를 중심으로 겨울에 먹을 가을 채소와 김장 채소를 심었다. 김장배추는 씨앗을 파종하고 70~90일이면 수확할 수 있기에 처서 무렵이 딱 적기다. 부모님의 어깨너머로 배운 농사 방식이다. 어제는 휴일이라 가을 채소를 심을 텃밭을 정리해 놓았다. 열무와 얼갈이배추는 덜 자라 아쉽지만 뽑아냈다. 대파도 다시 심을 요량으로 뽑을 수밖에 없었다. 들깨도 가장자리에 심어 깻잎을 따서 이웃과 나누어 먹기도 했는데 아쉽지만 뽑아야만 했다. 정리를 해놓으니 텃밭이 훤하고 더 넓어 보였다. 계획했던 대로 가을 채소 심을 면적이 넉넉하다. 이제 남편이 비료와 거름을 뿌리고 관리기로 밭갈이를 해주면 골을 타고 둔덕을 만들어 배추, 무, 상추, 쑥갓, 아욱, 시금치, 쪽파 등 씨앗에 맞춰 자리를 분배하여 심는 것은 내 몫이다. 한낮 창밖을 내다보니 햇볕이 무섭기까지 하다. 마당에 널어놓은 붉은 고추는 마르기 전에 익어버릴 것 같다. 혹시 타는 것은 아닐지……. 햇볕이 너무 뜨거워 밭갈이는 내일 이른 아침 시원할 때로 미뤘다.

텃밭을 가꾸는 일에서 즐거움과 소소한 행복을 맛보고 있다. 농부의 딸로 태어나 농한기도 없이 힘들게 농사를 짓는 부모님의 모습을 보고 자랐기에 농사짓는 일은 정말 싫었다. 세상에서 제일 힘든 직업이 농부라고 생각했었다. 힘들게 일하시는 부모님의 농사일을 도와드리며 어깨너머로 배운 것이 지금 울안의 텃밭 가꾸는 일에 많은 도움이 되고 있다. 씨앗을 심을 때나 가꿀 때, 김장을 해서 딸들과 남매들 그리고 지인들과 함께할 때, 정말 행복하다. 힘은 들지만 주는 즐거움에 피로는 사라지고 텃밭에서 행복을 맛본다. 올해는 예년에 비해 고추 농사가 부실하여 수확이 반으로 줄었다. 기후 때문일까? 아니면 묘목 탓일까? 고추 모를 심고 나서부터 애를 태웠다. 영양제를 주고 노력한 끝에 다행히 잘 커주었다. 고추도 그런대로 주렁주렁 탐스럽게 열렸다. 그런데 날씨가 도와주지 않았다. 긴 장마로 비가 많이 오고 갑자기 너무 뜨거워서 그런지 애타며 정성 들인 보람도 없이 몹쓸 병이 생겼다. 아직 푸른 고추가 많이 달렸는데 붉어지기도 전에 말라갔다. 고추는 이 병에 걸리면 회생을 못한다. 아무리 특효약이라고 하는 것을 써도 소용없는 일이다. 사람도 건강할 때 건강을 지켜야 하듯 고추도 마찬가지다. 병에 걸리기 전에 예방을 해야 하는데 정성이 부족한 탓인지 고추 농사는 그냥 포기를 해야 할 것 같다. 그러다 보니 김장이 걱정된다. 계획대로 하려면 고추가 턱없이 부족하다. 주고 싶은 사람은 많은데 말이다.

우리 집은 365일 대문이 항상 열려 있다. 그렇다고 CCTV가 있는 것도 아니다. 마을에 사는 이웃과는 내 집처럼 편하게 드나들며 산다. 텃밭에 심어 놓은 채소는 이웃과 나누고 우리 집에 없는 채소는 갖다 놓고 가기도 한다. 어떤 때는 누가 가져다 놓은지도 모르고 고맙다는 인사도 없이 맛있게 먹기만 할 때도 있다. 우리 옆집 아줌마는 맛있는 음식을 하면 담장 위에 올려놓고 전화를 한다. 예전에는 큰 소리로 "의화야! 의화야!" 하고 나를 불렀다. 의화는 큰딸 이름이다. 아줌마한테는 내 이름이 의화다. 이제 아줌마도 나이가 팔십이 넘으니 나를 부를 힘조차 없는 모양이다. 아줌마는 친정엄마도 같고 어떤 때는 시어머니 같기도 한 분이다. 아저씨는 10년 전에 돌아가시고 혼자 사신다. 아들이 다섯 명이나 되어 자주 찾아뵙고 편하게 걱정은 없이 사신다. 우리가 사는 모습이 예쁘다며 칭찬을 해주시지만 어쩌다 남편에 대한 푸념을 하기라도 하면 복에 겨운 소리 한다며 호통이 돌아온다.

'이웃이 멀리 사는 사촌보다 낫다.' 는 말이 있다. 대문을 활짝 열어놓고 함께하는 이웃사촌이 있어서 좋다. 사람의 향기를 맛보고 정을 나누며 작지만 소소한 행복을 이웃사촌과 텃밭에서 느끼며 산다.

새벽을 여는 마음

새벽 5시다. 밖이 어둡다는 핑계로 뒤척이고 있다. 자정이 넘어서야 잠을 청한 탓이기도 하다. 짧은 밤에도 서울에 있는 큰딸이 꿈에 보였다. 떨어져 있기에 자주 전화통화는 하지만 늘 마음이 간다. 꼬끼오! 옆집 닭이 울기 시작하더니 마을에 있는 닭들이 너도나도 덩달아 화음을 이루며 파도타기를 한다. 새벽 정적이 깨지는 순간이다. 앞집 바둑이는 논밭으로 나가는 농부의 발자국 소리에 놀라 잠을 깨서 정신없이 짖어댄다. 언제나 희망이 넘치는 우리 마을의 새벽 풍경이다.

텃밭을 오가며 노래하는 참새와 이름 모를 새들이 창문 가까이에 와서 안방을 기웃거린다. 제비도 처마 밑 둥지에 있는 새끼들에게 먹이를 나르며 창문 너머로 게으른 주인을 흉보는 것 같다. 텃밭으로 나를 불러내려는 새들의 몸짓이다. 눈을 비비며 텃밭으로 향한다. 텃밭에는 배추와 무 그리고 가을 채소들이 내 발자국 소리를 들으며 무럭무럭 자라고 있다.

서울에서 혼자 지내고 있는 큰딸에게 언제나 그러듯, 오늘도 마음을 옮긴다. 잘하고 있을 거라고 믿지만, 떨어져 있기에 보고 싶고 신경이 쓰인다. '팔십 먹은 어머니가 육십 먹은 아들 걱정한다.'고 하지 않던가? 새벽잠이 많은 큰딸이다. 그런 딸이 어린 나이에 서울로 올라가 혼자 대학 생활을 시작했다. 그러기에 새벽이면 큰딸 생각이 우선이 된다. 고등학교에 다닐 때까지 아침잠을 깨우며 옥신각신했었다. 더 자고 싶다며 이불을 돌돌 말아 웅크리는 딸에게 큰 소리로 깨우며 조용한 새벽을 요란하게 했었다. 앞가림은 알아서 다 하는 것을 괜히 잔소리를 늘어놓았던 것 같다.

큰딸에게는 힘들고 어려운 일이 있었다. 목표로 정해 놓고 그토록 애타며 욕심을 내던 높은 자리가 있었다. 그래서 많은 세월을 책상 앞에서 책과 씨름하며 보냈다. 쓰디쓴 고배를 참고 견디며 오직 그 길만을 고집했었다. 조금 멀지만 돌아가는 길을 선택하여 차근차근 한 단계씩 오르는 길을 권유했다. 큰딸의 기를 꺾어 놓았던 그 많은 세월. 가슴 아팠던 그 시절도 지금의 기쁨이 있기에 모두 추억으로 기억된다. 출근하며 큰딸은 무슨 생각을 할까? 아마 날개를 단 기분일 게다. 목표로 삼았던 높은 곳을 내려놓고 첫 계단부터 슬기롭게 가자는 말에 수긍하고 욕심을 버렸다. 그리고 해냈다. 큰딸의 용기에 큰 박수를 보냈다. 목표했던 곳은 아니지만 새로운 곳에서 일하면서도 즐겁고 재미있다고 했다. 엄마이기에 믿는다. 내 딸은 잘할 수 있을 거라고…….

누구나 하루의 시작인 새벽은 새로운 기대와 각오로 새롭게 다짐하며 시작한다. 큰딸의 앞길에도 평온한 새벽처럼 희망이 있는 그런 날만 이어지기를 이 새벽에 기도한다.

어버이날의 풍경

5월 5일 어린이날을 시작으로 8일은 어버이날, 15일은 스승의 날이다. 20일은 성년의 날, 21일(2+1)은 둘이 하나가 되는 부부의 날이다. 그래서 5월은 가정의 달이라고 한다. 모두 의미 있는 날이지만 그중에 특히 어버이날에 대해 큰 의미를 생각해 보았다.

인류는 문자가 나온 이래 충격적인 슬픔이나 잊어서는 안 될 기쁨을 노래로 만들어 불러왔다고 했다. 오랜 옛날 부모님의 은혜에 대해서도 남다른 가사를 남겼다.

〈관동별곡〉과 〈사미인곡〉 등 문학으로서 대작을 남기기도 했고 삶의 일상에 대해 16절의 노래를 지어 〈훈민가〉로 남겼다. 이 중 1절과 4절은 부모님의 은혜를 일깨우고 있다.

이 두 편의 가사는 부모님 은혜에 대한 깊이와 넓이를 충분히 말해주고 있으며 어버이를 섬기는 것은 평생의 도리임을 애타게 외치는 절규 같다.

뿐만 아니라, 근대에 들어서도 부모님의 은혜에 대한 가사는 얼마든지 있는데 대표적으로 〈어머니 은혜〉를 들 수 있다. 이 노래는 길러주신 어머니의 은혜에 대해 비교적 우리의 정서를 가장 잘 표현한 가사로 측은하기조차 하다. 양주동 작사, 이흥렬 작곡으로 총 3절로 되어 있지만 1절밖에 생각이 나지 않아 내심 민망하다.

> 〈제1절〉 나실 제 괴로움 다 잊으시고 / 기를 제 밤낮으로 애쓰는 마음 / 진자리 마른자리 갈아 뉘시며 / 손발이 다 닳도록 고생하시네. // 하늘 아래 그 무엇이 넓다 하리오. / 어머님의 희생은 가이없어라.

이 가사에서 드러난 끝없는 부모님의 희생은, 이 세상에서는 답을 찾을 수 없다는 생각을 갖게 한다. 사실, 가정의 소중함을 모르는 사람이 어디 있겠는가? 하지만 앞만 보고 살다 보면 형제는 물론 부모님까지 잊고 있을 때가 적지 않다. 그러니 부모님의 소중함을 하루만이라도 상기시키기 위해 어버이날을 정해 놓은 것은 다행이다. 원래는 '어머니날'이라고 했었는데 언제부터인가 '어버이날'로 명칭이 바뀌었다.

나는 친정과 시댁의 부모님이 모두 돌아가셔서 나이 든 고아가 되었다. 어버이 날이면 쓸쓸하기만 한데 바로 그 슬픈 날이 오늘이다. 아침 일찍 카네이션 꽃을 들고 산소에 가서 성묘하는 것으로 슬픔을 달래며 훌쩍 가버린 세월을 탓해 본다.

며칠 전 점심시간에 직원들과 갈비탕을 먹기로 하고 꽤 이름난 음식점에 갔다. 소문에 걸맞게 중앙 홀이 넓은 음식점인데 손님들로 꽉 차 있었다. 간신히 구석진 자리를 잡을 수 있었다. 어버이날을 앞두고 대부분 부모님을 모시고 식사하러 나온 사람들이었다. 마침 우리 옆자리에는 90세 가까운 백발의 아버지와 육십 중반쯤으로 보이는 아들이 갈비탕 두 그릇을 앞에 놓고 식사를 하고 있었다. 많이 닮아 부자간이라는 것을 한눈에 알 수 있었다. 아버지가 안 계신 나는 내심 부러워서 힐끔힐끔 그들의 아름다운 모습을 훔쳐보았다. 그들이 식사를 하며 나누는 대화는 바로 옆자리라서 귀를 기울이지 않아도 잘 들렸다. 아버지는 아들을, 아들은 아버지를 생각하며 서로 챙겨주는 대화는 내 귀를 쫑긋 세우게 했고 그 쪽으로 신경이 쓰였다. 두 분을 보면서 친정아버지를 떠올리고 있었다. 지금 아버지가 살아계신다면 단둘이 마주앉아 식사할 기회가 있었을까? 우리는 할아버지와 함께 3대가 한집에 사는 대가족이었다. 할아버지는 무척이나 엄하셨고 아버지도 할아버지의 교육 방법을 이어받아 엄하셔서 어렵기만 했다. 하지만 지금은 아버지 생각만 하면 가슴이 먹먹해진다. 효도할 기회도 주지 않고 일찍 돌아가셨기 때문이다. 아니 효도할 기회가 없었다는 것은 핑계다. 한없이 오래오래 사실 줄 알고 '잘 살면 해야지.'하고 못난 딸은 세월 계산만 하고 미루고 있었다.

아들과 함께 식사를 하던 아버지는 아들에게 낮은 소리로 뭐라 하시고 먼저 일어나셨다. 그리고 잠시 후 계산대 쪽에서 큰 소리가 들려왔다. 계산을 하려던 아버지의 모습을 보고 아들이 달려가 아버지의 계산을 말리며 옥신각신했다. 아버지는 아들 몰래 음식값을 내려고 화장실에 다녀오겠다며 계산하러 먼저 일어나셨던 모양이다. 아들이 달려가 설득하여 자리로 모셔왔다. 음식점에서 식사하던 사람들의 시선이 모두 그쪽으로 모아졌다. 다투는 줄로만 알고 있던 손님들은 멋진 아버지의 모습을 보고 감동 받은 표정으로 소근대기 시작했다. 그 아들은 얼마나 자랑스러웠을까? 나도 그 광경을 보며 아버지를 떠올렸다. 아들이 못 살아서는 아닐 것이다. 자식을 생각하는 아버지의 마음이 아닐까? 모처럼 음식점에서 본 이 광경은 연극을 보는 것보다 더 감동이고 향기로웠다.

인생의 바퀴

일을 마감하고 맞이한 휴일이라 여유로운 시간이다. 나의 직장생활은 항상 매월 말일이 되면 마감해야 하며 늘 선의의 경쟁 속에서 순위를 겨룬다. 한 달이 지나면 마감하고 새로운 달이 시작되면 또 경쟁의 연속이다. 다람쥐 쳇바퀴 돌듯 돌고 돌면서도 더 높은 이상을 향하여 그때 그때마다 새로운 삶을 추구하는 것이 행복을 향한 인생살이의 경쟁이 아닌가 싶다. 이런 삶 속에서 동그란 바퀴처럼 순조롭게 거침없이 달릴 수만 있다면 얼마나 좋을까.

사람은 누구나 과거에 만족하지 않고 더 많은 것을 얻기 위해 새로운 목표를 세워 도전한다. 이것이 인간의 본질이며 현실에 만족할 줄 모르는 인간의 욕망이기도 하다. 이를 정서적으로 말하면 희망일 것이다. 무슨 일을 하든, 시작은 누구나 부푼 꿈을 갖게 한다. 한 주, 한 달, 1년이란 기간이 정해져 있어 계획을 세우고 희망을 갖게 하며 용기와 도전으로 다시 힘을 모으는 계기를 만들게 되는 것 같다.

더위를 달래려고 얼음을 동동 띄운 시원한 냉커피를 탔다. 종종 마시는 냉커피지만 마음이 여유로워서인지 오늘따라 유난히 달콤하고 시원하여 묵은 체증을 쑥 밀어내는 듯하다. 긴 장마 속에서도 잠시 구름 사이로 햇볕이 쨍한 틈을 타 목이 터져라 울어대는 매미의 노랫소리는 모처럼 얻은 여유를 더 풍요롭게 해주고 있다. 음악이 없어도 자연의 노래에 취해 커피의 진한 향은 코와 혀는 물론 가슴까지도 자극한다.

경적을 울리며 시끄럽게 골목을 빠져나가는 경운기 소리도 경쾌하게 들리는 여유 만만한 시간, 여기까지 살아온 내 자신의 지난날들을 한 번쯤 돌아봄도 좋겠다. 내가 그만큼 성숙했다는 것일까?

제2의 인생이라는 결혼, 낳아서 키워준 부모님 곁을 떠나 아름다운 꿈만을 생각하며 시작했던 신혼생활이었다. 그러나 지금까지 살아온 날들이 평탄한 길만은 아니었다. 계곡도 있었고 거친 강물도 있었다. 바퀴가 고장난 수레처럼 찌그러져 힘들게 끌어도 굴러 가지 않을 때도 있었다. 38년이란 세월의 강을 건너오면서 때로는 두려움과 망설임도 있었지만 그때마다 최선을 다해 슬기롭게 건널 수 있는 지혜를 얻었다. 그래도 힘든 날보다 즐겁고 행복했던 날들이 훨씬 많은 것 같아 마음이 한편 뿌듯하다.

친구는 내게 말했다.

"화가 날 때도 있어?"

나라고 어찌 웃을 수 있는 좋은 일만 있고 화나는 일, 짜증나는 일이 없었겠는가. 너그럽게 배려하는 마음으로 살려고 노력하며 살았다. 타고난 활달한 성격도 있겠지만 노력하면 안 되는 일은 없는 듯하다. 이해하고 다독이며 나의 이익보다는 상대에게 부담주지 않으려 너그럽게 배려하며 살았다. 나이가 들면서 화가 나거나 짜증이 나는 일이 종종 생긴다. 욕심이 앞서기 때문이 아닐까 싶다. 시간이 지나고 나면 후회하면서 말이다.

젊은 시절을 돌아보면 철이 없었던 것 같아 나도 모르게 고개가 숙여진다. 그런 일이 어찌 한두 번뿐이겠는가. 순진하기만 했던 청순함은 사라진 지 오래다. 세월이 흐르면서 빛바랜 누런 사진처럼 여렸던 마음은 사라지고 아주 억세졌다. 내 것보다는 남의 것이 커보여 늘 마음만 바쁘게 살아왔다. 현실에 맞게 순리대로 살아가는 것을 잊은 채 정신없이 위를 바라보며 달렸다. 가끔은 아래도 바라보며 마음을 내려놓고 살아야 하거늘, 시선은 늘 위로 고정되어 있다. 그러니 항상 마음이 바쁠 수밖에…….

결혼 후, 여러 해 동안 남편의 말에 순종하며 따르던 태도는 나도 모르는 사이에 사라져갔다. 내 주장이 강해졌다. 듬직하게 믿어주고 지켜준 남편이 버팀목이었음을 잊고 목소리는 높아지고 기세가 당당해졌다. 자중할 줄 아는 사람이 되도록 노력해야겠다.

어느 날, 매일 보는 거울 앞에서 문득 발견한 깊게 파인 주름을 보고 화들짝 놀라고 하루를 우울해한 적도 있다. 나무에 나이테가 생기듯 사람에게도 얼굴에 나이테가 그려지는 것을……. 벌써 큰딸은 서른 중반을 넘고 있다. 막내딸도 서른 살을 넘어 아기 엄마가 되었다. 그런데도 나이가 나 혼자만 늘어가는 것 같은 착각에 빠질 때가 있다.

꽃다운 아가씨 시절, 나는 늘 상냥하고 활달하였다. 꿈도 많고, 하고 싶은 일들도 많았다. 그런데 마음뿐이었다. 그래서일까? 딸들이 커가는 모습을 지켜보며 내가 부족했던 부분을 대리만족하려는 욕심으로 내 생각을 강요했었다. 그래도 적응을 잘하고 따라준 딸들이 고맙고 대견스럽다.

지금까지 열심히 노력하며 살았다. 육십이 넘었으니 내 인생의 3분의 2는 족히 넘게 살아온 것 같다. 남은 인생도 최선을 다하며 더욱더 열심히 살아가야겠다. 찌그러진 바퀴도 동그랗게 고쳐가며 지금까지 순탄하게 왔듯이 앞으로 남은 인생 모나지 않은 동그란 바퀴만 있었으면 한다. 지난날 어리석었던 것은 버리고 부족한 것은 노력으로 채우고 과한 욕심을 비우며 살아야겠다. 먼 훗날 후회하지 않고 멋지게 살았다고 당당하게 말할 수 있도록.

호박꽃

어둠의 끝, 새벽에 핀다. 꿀벌이 왔다간 뒤, 이슬 먹은 호박꽃은 해가 뜨면 꽃잎을 접고 속을 숨긴다. 해를 바로 바라보기가 부끄러워 숨는 걸까? 젖은 꽃잎은 속을 가리고 그 안에서 먹음직스럽고 탐스런 호박을 키우기 시작한다. 햇볕이 텃밭 가득 따스하게 채운 봄날, 텃밭 구석진 가장자리에 구덩이를 파고 거름을 넣은 다음 흙을 고르고 어린 호박모를 두 개씩 짝을 지어 심었다. 식물도 짝을 맞춰서 심어야 잘 큰다고 해서다.

우리 집 대문은 낮이나 밤이나 항상 활짝 열려 있어 담장은 있으나마나 제구실을 못한다. 우두커니 서 있기만 하는 담장에 호박넝쿨을 올리면 제법 호박이 열려 이웃과 나누어 먹는다. 해마다 그렇게 해왔다. 욕심 많은 내가 멀쩡한 담장을 가만 놓아둘 리 없다. 올해도 다른 해와 똑같이 호박을 심었다. 여름 더위가 시작할 무렵 호박넝쿨이 담장을 휘감고 있다. 텃밭에 여러 가지 채소를 심어 가꾸지만 호박넝쿨같이 잘 크는 식물은 없는 것 같다. 자고 나면 큼직한 넝쿨손으로 닥치는 대로 휘감고 서너 뼘씩 쭉쭉 뻗어나간다. 탐스러운 노란 호박꽃이 피어 꿀벌을 기다리고 있다. 호박꽃이 피면 어디서 왔는지 꿀벌이 찾아든다. 그런데 올해는 꿀벌을 볼 수가 없다. 환경오염 때문인 듯싶기도 하다. 작년까지만 해도 꿀벌이 노란 꽃가루를 온몸에 흠뻑 뒤집어쓰고 이 꽃으로, 저 꽃으로 날아다녔다. 벌꿀이 자연수정을 하는 모습이다. 그런데 올해는 꿀벌이 날아오지 않는다. 별일이다. 꿀벌이 수정을 하지 않으니 호박이 열릴 리가 없다.

나이를 먹다 보니 팔, 다리, 허리 할 것 없이 멀쩡한 곳이 없다. 종합병원이라고 할 정도다. 그래서 병원에 자주 다니다 보니 전문가의 조언으로 봉침을 권유받게 되었다. 봉침을 맞으면 효과가 좋다고 했다. 그래서 비싼 한의원 봉침보다 자연산 봉침을 생각했다. 지인이 꿀벌을 잡아 봉침을 맞는 것을 보았기 때문이다. 그 후 흔한 꿀벌을 잡아 봉침을 맞곤 했었다. 봉침을 맞고 나면 언제 낫는지 모르게 통증이 사라지고 아프지 않았다. 제대로 효과를 보았다. 그날도 멀쩡하던 발목이 자고 나니 시큰시큰 아팠다. 발목이 통통하게 부어 있었다. 순간 봉침 생각이 났다. 햇볕이 뜨거워 호박꽃이 꽃잎을 접기 전에 꿀벌을 한 마리 잡아볼 요량으로 호박넝쿨이 우거진 담장 주변을 살피며 살금살금 돌아다녔다. 꿀벌을 찾을 수가 없다. 꿀벌을 찾아 이리저리 돌아다니는 나를 보고 호박 따려고 다니는 줄 알았는지 뒷집 할머니가 한마디 하신다.

"올해는 왜 호박이 안 열려? 내년에는 의화 아부지 시켜서 심으라고 혀."

호박이 열리지 않는 이유가 내 탓이란다. 호박을 심는 사람에 따라 많이 열리고 안 열린다며 내년에는 남편에게 심어보라고 하신다. 넝쿨만 무성하고 호박은 열리지 않으니 뒷집 할머니도 답답하셨던가 보다. 호박이 열리지 않는 이유를 모를 리 없는 내게 내년에도 헛수고 할까 봐 일러주시는 말씀이다.

한참 후에 꽃 속 깊숙이 숨어 꿀을 따는 꿀벌 한 마리를 발견했다. 반가워서 얼른 잡으려다가 순간 멈칫했다. 내가 너무 이기적이라는 생각이 스쳤다. 호박이 열리지 않는 이유를 알면서도 봉침에 욕심을 내고 있다니……. 벌은 침을 한 번 쏘면 살지 못하고 죽는다. 호박꽃을 바라보기가 미안해서 괜히 허공에 눈을 돌리고 하늘에 떠 있는 구름에게로 시선을 돌렸다. 호박꽃을 돌아볼 수가 없다. 꿀벌은 어디론가 날아갔겠지? 담장에 주렁주렁 매달려 있는 호박을 그리며 미안한 마음으로 발길을 돌렸다.

빈 의자

아주 특별한 여행이다. 하늘이 축복해 주는 듯 화창하고 구름 한 점 없는 맑은 날이다. 겨울에 이토록 파란 하늘을 보기는 극히 드물었다. 꿈 많은 18세 소녀는 아니지만 늦깎이로 고등학교를 졸업하고 부산과 남해 일원으로 1박 2일 여행을 떠나기로 약속한 날이 다가왔다. 오래전부터 계획하고 준비했지만 설렘은 18세 여고생들보다 더했으리라. 3년을 잘 마쳤다는 자축의 뜻으로 뿌듯함을 안고 준비한 의미 있는 여행이다. 70명이 두 반으로 나뉘어 공부했지만 사정이 여의치 않아 아쉽게도 중도에 포기한 친구들도 꽤 있었다. 모두 하나같이 야무지고 당차게 공부하겠노라고 굳은 각오로 시작했을 테지만 졸업을 못한 친구들이 있었다.

3년 동안 나이의 많고 적음을 따지지 않고 꿋꿋하게 어려움을 이겨내고 한교실에서 같이 공부하여 정이 들고 허물없이 친해진 친구들이다. 나름대로 몇십 년 동안 서글픈 사연을 가슴에 감추고 살아온 속사정들은 누구나 다 있었다. 어떤 친구는 가난해서 학업을 중단해야 했고, 어떤 친구는 인가가 나지 않은 학교에 다녀 졸업장이 없어 고등학교를 다시 다녀야 했다. 어떤 친구는 공장에서 일을 하며 동생들을 가르치느라 고등학교에 갈 수 없었다는 친구도 있었다. 나처럼 여자는 많이 배우면 안 된다는 할아버지의 강압으로 고등학교를 포기한 친구는 없었다. 하지만 그런 아픔들이 있었기에 서로 쉽게 마음이 통하고 친해질 수가 있었다.

살림과 직장생활을 하며 남들이 여행이나 취미 생활을 즐기는 휴일에, 도시락과 책가방을 메고 학교로 향해야 했다. 딱딱한 의자에 앉아 8~9시간씩 종일 수업을 하다 보면 허리도 아프고 몸이 뒤틀렸다. 졸음을 이기려고 눈을 비비며 나름대로 애를 쓰며 참았다. 그러다가 선생님과 시선이 마주치면 부끄러워 얼굴이 붉어질 때가 한두 번이 아니었다.

따뜻한 봄날, 야외에서 손짓하는 유혹도 외면해야 했다. 어느 날은 "한 번쯤 결석해도 되지 않느냐?"는 친구들의 유혹에도 흔들리지 않고 잘 뿌리쳤다. 함께하고 싶은 친구의 마음은 알지만 같이할 수가 없었다. 휴일에는 친인척이나 지인들의 행사가 있어 참석해야 할 곳도 많았지만 학교 때문에 성의만 보내고 불참

할 때도 있었다. 마을 모임에서 단체로 여행을 갈 땐 일요일을 피해야 하니 이기적인 사람으로 오해를 받기도 했다. 아니 이기적인 사람이 될 수밖에 없었다. 순간순간 그렇게 버티며 결석하지 않고 3년 개근으로 어렵게 졸업했다. 그 기쁨은 두 배, 세 배를 넘어 무한대로 커졌다. 졸업을 기념하고 우정을 돈독히 쌓으려고 동창들과 떠난 여행은 그야말로 황홀하다고 해야 맞을 성싶다.

거제도 신선대의 전망대 관광 때였다. 이번 여행을 떠난 동창들 중에서 나이가 가장 많은 왕언니가 있었다. 공부가 한이 되어 공부를 하려고 학교에 다닌다는 언니였다. 나이는 70세에 입학했으니 올해 칠십둘이다. 언니는 남편이 일찍 돌아가셔서 마음고생을 많이 하신 탓인지 나이보다 더 나이 들어 보였다. 걸음도 느리고 허리가 아프다며 항상 기운이 없어 보였다. 그래도 공부에 대한 열정은 학우들 중에서 최고였다. 그래서 우리는 왕언니라 불렀다. 왕언니는 머리도 백발이다. 집에서나 학교에서나 매일 공부만 한다고 했다. 눈이 어두워 왼손으로 돋보기를 들고 오른손에는 연필을 들고 공부를 한다. 그런데 아쉽게도 시험을 볼 때는 제대로 실력 발휘를 못한다. 돋보기로 더듬더듬 읽어야 하기 때문에 시간이 촉박하여 매번 긴장하고 시험 시간 종료 종이 울리면 발을 동동 구른다. 왕언니는 체육 시간이 제일 힘들다고 했다. 체육 시간에는 실기를 주로 하는데 체력이 워낙 약해서 구경만 하는 수준이었다. 하지만 공부만은 우등생이었다.

왕언니는 기력이 약해 많이 걸어야 하는 관광지나 산을 오르는 코스는 뒤처질 수밖에 없었다. 그러다 보니 조금 걷다가 쉴 곳을 찾는다. 다행히 가는 곳마다 나무로 만든 빈 의자가 있어 얼마나 다행이던지. 왕언니는 빈 의자에 몸을 맡겨 쉬게 하고 우리 일행은 목적지를 향해 빠른 걸음으로 오른다. 산을 오르면서도 왠지 뒤처진 왕언니 생각에 마음이 놓이지 않았다. 부랴부랴 내려와야 했다. 왕언니가 있는 곳으로 정신없이 내려오면 숨이 차서 헉헉대던 몸이 안정을 되찾아 편안한 자세로 우리를 기다리고 있다. 빈 의자의 덕을 톡톡히 보았다. 빈 의자는 많은 사람이 오가며 지친 몸을 부리고 쉬어가는 곳이다. 변함없이 제자리에서 지친 몸을 받아준다. 빈 의자의 배려 덕이다.

지치고 힘들 때 잠시 쉴 수 있는 여건이 주어진다면 그 순간 최고의 행복이다. 편안한 상태에서 쉼터는 고마움을 느끼지 못한다. 산책로에서 또는 등산로에서 가끔 빈 의자를 볼 수 있다. 힘들고 지칠 때 쉬어가는 빈 의자. 헉헉거리며 가파른 산길을 오르는 등산로에 있는 빈 의자는 등산객의 지친 몸을 지탱할 수 있는 최고의 안락이다. 평소, 그 고마움을 느끼지 못하고 그냥 스치기 일쑤였다. 비가 오나 눈이 오나 그 자리에서 묵묵히 지친 몸을 받아주려고 기다리는 빈 의자의 고마움을 새삼 알았다.

동백을 바라보며

나이가 지긋하신 마을 어르신께서 우리 집에 오셨다. 골목길을 지나가다가 텃밭 가장자리에 서 있는 감나무 가지치기를 하는 우리 부부를 보고 들어오신 것이다. 수고한다는 말과 함께 텃밭 옆에 딸린 화단을 둘러보시더니 동백나무에 시선을 멈추고 한참을 머뭇거리더니 한말씀 하셨다.

"동백나무가 울안에 있으면 좋지 않아."

그 이유는 말하지 않고 우리 부부의 열심히 사는 모습이 참 예쁘다며, 무안할 정도로 칭찬을 하고 가셨다. 동백나무가 울안에 있으면 좋지 않은 이유가 뭘까? 그때는 그냥 흘려들었다. 그런데 무시하려고 해도 자꾸 귀에 거슬리고 신경이 쓰였다.

울안에 키우면 좋지 않은 식물들이 있다고 들은 적이 있다. 울안에 두면 재앙을 불러온다고도 했다. 동백나무가 그런 식물인가? 미신이겠지 하며 믿지 않으려 해도 생각이 부정 쪽으로 기울어 기분이 찜찜했다.

우리 집 화단에는 동백나무 두 그루가 간격을 두고 위품 있는 자태로 서 있다. 자그마한 어린 묘목을 심었는데 몇 해 지나니 우리 집에서 키가 제일 큰 남편보다 훨씬 더 컸다. 동백나무는 우리 집 화단에서 제일 큰 대장이다. 해바라기처럼 해를 따라 양지쪽만 바라보고 제멋대로 크는 것을 음양을 맞추어 전지를 해준 남편 덕에 제법 소담한 자태로 예쁘게 크고 있다. 겨우내 모진 바람과 찬 서리를 머리에 인 채, 추위를 견뎌내고 겨울의 끝자락에서 해동이 될 무렵이면 반질반질한 새순과 통통한 꽃봉오리를 맺는다. 이른 봄에 제일 먼저 빨간 꽃을 탐스럽게 피워 우리 가족들의 눈과 마음을 행복하게 해준다. 동백의 자태야말로 청순하고 우아하여 새봄을 맞는 우리 가족에게 기쁨을 주는 꽃이다. 때로는 봄이 완연하기도 전에 성급하게 피기에 꽃샘추위가 몰아칠 때면 얼어 꽃봉오리가 누렇고 흉물스럽게 망가져서 안타까울 때도 있다. 동백꽃은 다른 꽃과 달리 낙화 시기가 되면 애잔하게 송이째 뚝 떨어진다. 낙화가 되어도 땅에서 다시 핀 것처럼 아름다움을 남긴다. 한 잎 두 잎 바람에 흩날려 떨어지는 꽃보다 위엄이 있어 보인다.

오래전, 산아제한 운동을 펼치던 30년 전의 일이다. 큰딸과 둘째 딸을 낳은 뒤, 아들을 낳을 것인가에 대한 문제를 놓고 갈등하고 있을 때였다. 욕심대로 아들을 낳을 수 있는 거라면 고민할 것도 없었을 것이다. 하지만 마음대로 되지 않는 것이 그 문제가 아니던가?

그 시기에 정부에서는 아들 딸 구별 말고 둘만 낳아 잘 기르자는 슬로건을 내걸고 저 출산 계몽운동을 활발히 펼쳤다. 작은 나라 좁은 땅에서 폭발적인 인구 증가를 예상했기 때문이다. 셋째부터는 의료보험 혜택을 받을 수 없다는 얘기도 있었다. 그런데도 나는 겁도 없이 아들을 꼭 낳아서 시댁 가문의 대를 이어야 한다는 생각을 버리지 못하고 있었다. 오직 남편을 꼭 닮은 아들을 낳아야겠다는 욕심뿐이었다.

그러던 어느 날, 세상 물정도 모르는 시골 새댁이 쌀 한 되와 7,000원을 가지고 옆집 아줌마를 따라 나섰다. 아버님 묘를 이장하는 날을 잡기 위해서였다. 남편에게는 비밀로 하자는 어머님과 말을 맞추고 남편이 출근한 뒤, 몰래 옆집 아줌마와 말만 듣던 족집게 점쟁이를 찾아갔다. 남편의 생각은 가족들이 모두 모일 수 있는 날 하면 된다고 했다. 그러기에 남편이 알면 쓸데없는 일을 하고 다닌다고 야단을 맞을 게 분명했기 때문이다. 묘를 이장할 때는 아무때나 해서는 안 된다는 어른들의 이야기가 있었다. 집안 식구들에게 해가 되지 않는 좋은 날을 잡아야 했다. 우리가 찾아간 점쟁이는 할머니가 아닌 젊은 총각이었다. 나지막한 옴팡집 좁은 방에 들어섰다. 나무 향내가 풀풀 나는 집이었다. 그 속에서 꽤 많은 사람들이 앉아서 순번을 기다리고 있었다. 나와 아줌마도 그 사람들 틈에 끼어 차례를 기다리며 앉아 있었다. 몇몇 사람들은 신 내림을 받은 지 얼마 되지 않아 잘 맞춘다고 소곤

댔다. 차례를 기다리며 앞사람의 점괘를 듣는 것도 심심치 않았다. 드디어 내 차례가 되었다.

'어디 맞추나 보자!' 하고 속으로 단단히 벼르고 있었다. 놀라지 않을 수가 없었다. 진짜 족집게였다. 내가 말을 하지 않아도 우리 집안에 대해서 지난일을 술술 이야기하는 것이 아닌가? 더 놀란 것은 내가 딸만 둘이라는 것까지 맞추는 것이었다. 내 얼굴에 쓰여 있는 걸까? 신기했다. 난생처음으로 그런 곳에 갔는데 너무 놀랐다. 귀신으로 착각할 정도였다. 아버님의 묘를 이장하는 좋은 날을 받는 것보다 내 팔자에 아들이 있는 건가에 더 솔깃했다. 다그치듯 물어보았다.

"내 사주에 아들이 있어요?"

"다음에는 아들을 낳을 수 있어. 그리고 아들이 조금 늦게 있는 팔자라서 그려. 기다려봐."

나보다 한참 어릴 것 같은데 반말로 나를 압도해갔다. 그 말을 듣는 순간, 다음에는 아들을 낳을 수 있겠다는 기대감을 갖고 토끼 귀처럼 쫑긋 세우고 들었다. 세 번째는 아들을 낳을 수 있다는 큰 기대를 안고 날아갈 것 같은 기분으로 돌아왔다.

셋째도 딸이었다. 분명히 아들이려니 너무 기대를 한 탓인지 실망이 컸다. 딸을 또 낳았다고 사람들이 손가락질하는 것 같아 부끄러워 밖으로 나갈 수가 없었다. 셋째 딸이 커가면서 재롱에 폭 빠져 딸만 낳았다는 부끄러움이 사라지고 돌이 지날 무렵 계획에 없던 넷째를 임신했다.

'점쟁이가 아들이 늦게 있다고 했으니, 이번에는 꼭 아들이겠지?'

또 착각에 빠졌다. 열 달 동안 아들을 낳을 것처럼 너무 행복했다. 아버님 묘를 좋은 곳으로 이장해서 아버님이 아들을 점지해 주셨나 보다 하고 기대에 부풀었다. 하지만 또 딸이었다. 마음을 스스로 달랠 수밖에 없었다.

'하느님이 보시기에 내게는 딸이 필요하니 딸만 주신 거구나.'

그렇게 얻은 딸 넷이 반듯하게 자라 안정된 직장에서 성실하게 일하고 있다. 지금은 너무 행복하다. 직장에서도 맡은 일에 충실하며 인정을 받고 있다. 주위에서도 무척 부러워한다. 점쟁이의 말을 믿고 아들에 대한 망상을 했던 내가 속물에 지나지 않았다.

화단에는 긴 겨울을 이겨내고 동백이 통통한 꽃봉오리를 예쁘게 맺고 있다. 곧 우아한 자태를 드러낼 기세다. 그런데 이런 동백을 집 안에 두면 좋지 않다는 이유로 어찌 목을 자른단 말인가? 사람이 살다 보면 좋은 일도 있고 때로는 좋지 않은 일도 있기 마련이다. 상황에 따라 대처해 나가는 힘도 길러주고 좋은 일은 가족들과 나누며 사는 게 현명한 삶일 게다. 동백이 울안에 있으면 좋은 일이 많다고 믿고 싶다.

도깨비시장

새벽 4시다. 계획대로 일찍 일어났다. 어젯밤 조금 늦게 잔 탓인지 눈꺼풀이 자꾸 내려앉는다. 눈을 비비며 억지로 몸을 세우고 비틀비틀 욕실로 들어가 대충 고양이세수를 했다. 그때서야 정신이 든다. 주섬주섬 챙겨 자동차에 올라 시동을 걸었다. 요즘 먹어야 제맛인 고들빼기김치를 담글 요량으로 도깨비시장에 가려는 것이다. 여름 내내 너무 가문 탓에 연하고 싱싱한 채소를 고르기가 쉽지 않다. 연약한 채소들도 긴긴 가뭄에 살아남기 위해 버티고 버티다 보니 쇠심줄처럼 강해졌지 싶다. 고들빼기와 쪽파를 사려면 도깨비시장에 가야 좋은 물건이 있다는 얘기를 들었기에 서두는 것이다.

도깨비시장에 도착했는데도 어둠이 걷히지 않는다. 날이 새려면 아직 한참은 있어야 할 것 같다. 24절기 중, 열네 번째 절기인 처서와 가을이 본격적으로 시작한다는 열다섯 번째 절기인 백로가 지났다. 밤낮의 길이가 같은 열여섯 번째 절기 추분이 코앞이다. 그러다 보니 무덥던 여름보다 밤이 길어졌다.

말만 듣던 도깨비시장이 지금의 남부시장에 있는 새벽시장이다. 도깨비시장은 예전에 어머니가 거의 매일 농사지은 채소를 보따리에 싸서 머리에 이고 다니며 장사꾼들에게 팔아 시동생과 6남매 자식을 키우고 가르칠 수 있었던 삶의 터전이었다.

40년 전. 어머니를 따라 남부시장에 가본 적이 있었다. 강산이 네 번은 변했을 지금, 상가들은 현대식으로 변했다. 그때와는 너무 달라진 모습이다. 그 옛날 남부시장의 흔적은 찾아볼 수가 없다. 한 가지, 예나 지금이나 변함이 없는 것은 어두운 새벽에도 많은 사람들로 북적인다는 점이다. 어둑한 그 시간에도 농산물을 팔고사려는 사람들이 많이 나와 조금이라도 싸게 사려고 흥정하는 소리들로 아우성이다.

아버지와 어머니는 낮에는 논밭에서 일을 하고 어둠이 내리면 시장에 내다 팔 채소들을 거두어 오셨다. 제멋대로 자란 채소를 곱게 다듬고 단을 지어 상품 가치를 높게 만드셨다. 잠은 자는 둥 마는 둥, 새벽 3시에 일어나 경운기에 싣고 도깨비시장으로 팔러 가셨다. 우리 것뿐만 아니라 동네 여러 집의 채소도 모아 함께 싣고 가셨다. 지금 생각하면 무척이나 위험한 일이었다. 더 위험한 것은 어머니가 아버지의 옆자리에 앉아 가셨다는 점이다. 혹시라도 돌발 사고가 생긴다면 여지없이 땅바닥에 떨어질 게 분명하다. 동네 아줌마들은 채소를 실은 짐칸에 앉아서 가셨다. 8km가 넘는 거리를 경운기로 다닌다는 게 얼마나 위험한지 아찔한 일이었다. 지금은 어림도 없는 일이지만 그 옛날 40년 전의 일이니 가능했다.

경운기는 농사를 지을 때 운반 수단으로 사용하는 농기계다. 농기계가 시내 도로를 다니는 것은 정말 위험한 일이지만 그 시절에는 어쩔 수 없는 일이었다. 그 시간에는 버스가 다니지 않을뿐더러 많지 않은 채소를 용달차를 임대하여 싣고 가기에는 타산이 맞지 않는다는 이유도 있었다. 아버지는 그렇게 경운기로 시내 도로를 다니면서 위험한 고비를 여러 번 넘기셨다고 했다. 별일이 없었으니 다행한 일이었다. 몇 해가 지난 뒤 아버지는 1종 보통면허를 취득하고 용달차를 구입하여 안전하게 도깨비시장에 다니셨다.

아버지는 시장 입구 좁은 자리에 어렵게 경운기를 주차하고 채소 보따리를 내려놓은 뒤 얼른 빠져나와야 했다. 어머니에게 덩치가 큰 채소 보따리 여러 개를 맡기고 집으로 돌아오시는 아버지의 마음은 편치 않았을 것이다. 어머니 혼자서 많은 보따리를 머리에 이고 도깨비시장으로 옮겨야 했었다. 어머니는 동네 아줌마들 머리에 먼저 채소 보따리를 이어 드렸고 그러고 나면 어머니의 채소 보따리는 어머니 머리에 이어줄 사람이 없었단다. 어머니는 지나가는 사람에게 미안한 마음으로 어렵게 부탁하곤 했다고 한다. 어머니는 항상 남을 배려하는 마음이 몸에 배어 있었다.

아버지는 큰 채소 보따리와 어머니를 내려드리고 빈 경운기를 몰아 집에 오셨다. 새벽길을 재촉하여 아버지가 집에 오실 무렵이면 먼동이 텄다.

'빈 깡통이 소리가 더 크다.'는 속담이 있다. 이럴 때 인용하는 말은 아니지만 채소 보따리를 다 내려놓고 집에 들어오는 빈 경운기는 아버지의 고단함을 말해주듯 더 요란하게 털털거렸다. 어머니는 채소를 장사꾼에게 적당한 가격에 팔고 아침 식사를 준비할 무렵이면 첫차를 타고 돌아오셨다. 멀리 버스정류장에서 내려 걸어오시는 어머니의 걸음걸이를 보면 알 수 있었다. 매일 얼마나 힘드셨을까?

일삼아 도깨비시장에서 사온 연한 고들빼기김치를 담으며 한동안 돌아가신 부모님 생각에 젖어 있었다. 씁쓸하면서도 달달하게 버무려진 고들빼기김치를 아침 밥상에 내놓았다. 한입 맛을 본 남편은 "장모님이 담아주시던 그 맛이네." 하며 맛있게 먹는다.

나만의 공간

요즘 나는 나만의 서재를 꾸밀 생각에 밤마다 까만 천장에 그림을 그린다. 그렸다 지우기를 반복하며 대를 이어 살아온 오래된 한옥을 허물고 새집을 지을 때처럼 부풀어 있다. 셋째 딸이 몇 개월 후에는 결혼한다. 그러면 넓은 집에 남편과 둘만 살게 된다. 당연히 이런 날이 올 거라고 생각했지만 막상 닥치니 세월이 너무 빨리 도망간 것 같아 서운하기도 하다. 어머님과 딸 넷 그리고 우리 부부. 일곱 식구가 한지붕 아래에서 살 때는 요즘 핵가족 시대에 보기 드문 대가족이었다. 일곱 식구가 오랜 세월 함께 살다가 어머님이 돌아가시고 딸들도 하나씩 출가하면서 우리 부부 둘만 남게 되었다. 세월 참 빠르다.

우리 집은 방이 세 개다. 막내가 지난해에 결혼한 뒤, 우리 부부와 셋째 딸이 각각 방 2개를 사용하고 1개는 옷을 보관하는 드레스 룸으로 사용한다. 셋째가 결혼하면 방 한 개가 또 남는다. 그 방을 서재로 꾸며 사용할 생각이다. 방마다 각자 책장이 있다. 그래도 책들이 넘쳐 방을 정리하다 보면 이리저리 옮겨 다녔다. 문인 활동을 하다 보니 쌓이는 것이 책이다. 주기에 맞춰 발간되는 동인지나 작가님들의 주옥같은 글을 모아 엮은 수필집과 시집들이 우편으로 배달되어 온다. 수필 수업이 있는 날은 금방 출간된 따끈따끈한 새로운 수필집들을 교수님께서 주신다. 돈으로 계산하면 수강료보다 책값이 더 많다. 이런 책들이 모여 책 부자가 되었다. 나름 작은 도서관과 복지관, 북 카페 등에 기부도 했다. 그래도 많은 책들이 나의 재산이다. 방마다 있는 책장에 꽂아 두지만 많아서 책장 옆에 쌓아 놓기도 할 정도다. 문득 생각나는 책을 찾아보려면 이방 저방 돌아다니며 한참을 찾아 헤맨다. 그래서 언젠가는 서재를 만들어야겠다고 생각해 왔다.

어린 시절, 옹기종기 우리 세 자매가 좁은 방을 함께 사용했었다. 그 시절은 어느 집이건 마찬가지였지만 요즘처럼 아파트가 아닌 넓지 않은 전통 기와집이었다. 우리 집도 그런 기와집이었다. 우리 세 자매가 사용하는 방은 넓지 않은 작은 방. 방에는 고작 책상 하나와 옷장이 전부였고, 책가방 세 개는 책상 옆에 나란히 놓아야 했다. 책가방은 항상 그 자리였다. 조금이라도 흐트러지면 세 자매가 누울 때 걸리적거리기 때문에 나란히 잘 놓아야 했다. 그 시절 동화책이나 문학 서적은 생각지도 못했고, 교과서와 노트뿐이지만 책꽂이에 칸을 정해놓고 동생들과 함께 사용했다. 책상은 막내 동생이 차지했고, 큰동생은 접이식 밥상을 펴놓고 공부했다. 나는 방바닥에 엎드려 공부를 해야만 했다. 그래도 그땐 불편함을 모르고 살았다. 세 자매가 책상을 동생에게 양보하며 싸우지 않고 사이좋게 공부했다. 가끔 자매가 없이 혼자인 친구 집에 놀러 가면 부럽기도 했다. 혼자 독방을 차지하고 여유롭게 사용하는 친구가 부러웠기 때문이다.

아버지의 서재는 벽장이었다. 아버지는 서당 공부를 많이 하셨다. 지금처럼 인쇄기술이 발달하지 않았던 때라서 서당 훈장님의 책을 보고 인쇄가 아닌 필사를 한 것이다. 벼루에 물을 붓고 까만 먹을 갈아 붓으로 어려운 한문을 깨알같이 써서 책으로 엮어 공부를 하셨다. 깨알같이 쓴 많은 책들이 아버지의 재산이기도 했지만, 오랜 세월이 지나 아버지가 돌아가신 뒤 우리 가정의 가보가 되었다. 가끔 그 책을 보면 아버지가 너무도 자랑스럽다. 낮에는 논밭에서 힘들게 일을 하시고 밤에는 벽장문을 열고 책을 꺼내어 호롱불 밑에서 공부하시는 모습을 많이 보았다. 아버지는 서당 공부를 많이 하신 덕에 철학적인 부분도 잘 아는 것 같았다. 해가 바뀌어 정초가 되면 토정비결을 보러 오시는 분들도 계셨다. 그때마다 아버지는 따분해하며 거절하셨지만 지인들이 사정을 하시면 어쩔 수없이 벽장에서 책을 꺼내어 봐주셨다. 때로는 동네 사람들이나 지인들이 갓난아기가 태어나면 아버지에게 작명을 부탁하러 오기도 했다. 나를 비롯하여 동생들과 사촌

동생들 이름까지 모두 아버지가 지어주셨다. 우리 딸들도 아버지가 지어주신 이름이다.

부천에 사는 둘째 딸 집에 갔다. 꽤 넓은 아파트다. 서재를 둘러보았다. 사위가 사용하는 서재다. 아담하게 꾸며 놓은 서재는 욕심이 날 정도였다. 새 아파트라서 더 멋져 보이고 좋았다.

언제부터 서재에 관심을 가진 걸까? 오래전에는 관심도 없던 서재였다. 아니 책을 읽는 것조차도 게을리했던 나였다. 10년 전 우연한 계기로 수필과 만나 글을 쓰기 시작했다. 많은 작가들의 책이 쌓이고 수필을 알고 난 뒤부터인 것 같다. 나만의 서재에서 조용히 떠오른 글감을 실타래처럼 줄줄 풀어내어 멋진 글을 쓰고 싶다. 거실에 있는 컴퓨터를 서재로 옮기고 책상도 새것으로 들여놓고 싶다. 방에 있는 책과 책장도 서재로 모두 옮길 것이다.

잠시 중단하고 밀쳐놓은 캘리그래피 도구들도 서재로 옮기고, 나이 들어 일을 놓으면 여유 있고 편하게 글을 쓰고 붓글씨도 쓰며 지내련다. 나만의 서재를 생각만 해도 기분이 좋다. 그곳에서 멋지고 좋은 글을 쓰고 싶다. 그날을 생각하니 기분이 그냥 좋다.

기다림

오색으로 물들어가는 가을의 산야는 너무도 아름답다. 마치 물감으로 덧칠해 놓은 것처럼 한 폭의 비단이 되어 자연의 신비를 느끼게 한다. 지나가는 길손의 마음까지 부자로 만들어주는 누런 황금벌판은 이미 자취를 감추었다. 알곡은 농부의 곳간을 빼곡히 채웠지만, 그 뒤안길에 허전함을 현란한 단풍의 기운으로 치유할 수 있어 그마저 깜찍하고 뿌듯한 일이다.

우리 집 텃밭도 가을걷이를 시작하면서 조금씩 바닥을 드러내고 있다. 텃밭의 가장자리에 터줏대감처럼 버티고 서 있는 감나무는 지난여름 장마에 알밤만 한 여린 풋감을 쑥쑥 많이도 떨어뜨렸다. 그래서 실속 없는 허수아비 감나무로 생각했었고 벌겋게 익은 감은 기대조차 하지 않았다. 그런데 언제부턴가 감들이 늦가을 석양빛으로 변해가고 있었다. 한걸음 당겨 서서 눈여겨 보았더니 가지를 축 늘어뜨리고 제법 많은 열매를 키우며 위신을 세우고 있었다. 그동안 넙죽하고 풍성한 잎 뒤에 숨어 보이지 않게 몸을 키우고 있었던 것이다. 어느 해보다 듬성듬성 드물게 열었기에 더 탐스럽고 큼지막했다. 어른 주먹만 한 붉은 감을 주렁주렁 매달고 있는 감나무가 지나가는 사람들의 입맛만 돋우겠지 싶어 괜히 미안하다. 그래서 담장 너머로 매달려 있는 감들은 지나는 행인들의 몫이려니 내놓고 있었다. 그런데 그대로였다. 감을 따가는 사람이 없는 걸 보니 주인인 내가 너무 인색했나 싶다. 그런대로 넉넉하지는 않지만 마음은 베풀고 산다고 생각했는데, 그들이 보기에는 내 인심이 턱없이 부족했던 것 같다. 한편 남의 몫이려니 포기한 것까지도 내 몫이 되니 덤을 얻은 것처럼 좋으면서도 왠지 나의 인색함을 들킨 듯, 내 얼굴도 감처럼 붉어져 화끈거렸다.

가을은 결실의 계절인 만큼 족히 풍성하다. 하지만 허전함만은 떨치지 못하고 저무는 석양빛처럼 내 가슴속에서 퍼덕이고 있다. 그러면서 수렁으로 빠져드는 중압감은 왜일까?

나는 지난여름 친구를 잃었다. 아니 내가 그 친구를 놓았다고나 할까? 붙잡지 않았다. 그런데 마음이 편하지 않다. 그녀는 왜 갑자기 친하게 잘 어울리던 우리와 등을 돌리고 다른 길로 가기를 선택했을까? 그럴 수밖에 없었던 그녀의 마음을 나는 알고 있다. 우정에 조금씩 실금이 가기 시작한다는 걸 느끼고 있었던 것이다. 결국 시간이 흐르고 틈이 커지면서 쪼개지고 말았다. 그녀는 짧은 세월이지만 내게 인생의 단맛과 쓴맛의 야릇함을 가르쳐주고 떠났다.

그녀는 평소 나를 무척 좋아했다. 나를 좋아하는 그녀를 나도 끔찍이 생각했었다. 한때는 기쁜 일이 있으면 같이 기뻐해주고, 슬픈 일이 있을 때는 슬픔을 같이하며 서로 힘이 되어주는 좋은 친구였다.

오래전 어느 날, 그녀는 느닷없이 소나기처럼 내게 정을 주며 바짝 다가왔다. 나의 어떤 면이 좋아서였을까? 나도 싫지는 않았다. 그녀는 초면에도 거침없이 뜨거운 정을 주며 사람을 쉽게 사귀는 발랄한 성격의 소유자다. 나는 그런 그녀의 성격을 장점으로 여겼었다. 내게 처음 다가올 때도 그렇게 왔다. 그녀는 줄곧 주변 사람들을 쉽게 사귀고 쉽게 놓았다. 그런 점이 내 눈에는 모순으로 보여 가끔 친구로서 지적해 주었다. 나의 지적이 그녀에게는 자존심을 상하게 했고 틈을 만드는 빌미가 되었을지도 모른다.

나와는 달리 그녀는 내가 가지지 못한 것들을 많이 가지고 있었다. 한때 내 부러움의 대상이기도 했다. 사람은 누구나 장점과 단점이 있기 마련이다. 인간관계는 부슬부슬 차분히 내리는 가랑비가 땅속으로 잘 스미듯 은은하고 진실한 정이 있어야 한다. 그러면서 서로가 참다운 인간미를 느낄 때 마음속 이야기도 꺼낼 수 있게 되고 우정이 깊어지면서 친구가 된다. 하지만 갑자기 소나기를 퍼붓듯 번개 같은 정을 주며 다가오는 사람은 경계해야 할 대상이다. 그녀는 소나기를 몰고 오는 먹구름이었을까? 우리에게 그렇게 다가왔다. 다른 친구들이 그녀를 향해 수근대는 이야기를 들으며 나는 설마하면서 그녀를 경계하지 않았다. 나를 좋아하고 매사에 칭찬을 아끼지 않는 그녀를 진실로 받아주었다. 그런데 그녀의 내면에는 내게 보이지 않았던 또 다른 면이 숨어 있었다. 애교와 사교성이 많은 그녀는 여자가 갖추어야 할 모든 것을 다 지니고 있었다. 항상 시간과 가진 것이 많은 그녀는 날씬한 몸매에 옷을 잘 입고, 아는 것이 많았고, 당돌하지만 똑똑하고, 재치 있는 선망의 모습이었다. 같은 이성으로서 항상 마음도, 성격도, 인심도 넉넉해 보여 좋았었다. 그러던 그녀가 쉽게 왔다가 쉽게 돌아간 자리가 너무 크다. 그래서 때때로 허전하기도 하고 속상하기까지 했다. 그녀는 나뿐만이 아니라 주변의 잘 지내던 친구들을 모두 외면하고 갔다. 왜 그랬을까?

지난여름 그날이라고 딱 꼬집어 말할 수 없는 어느 날, 한마디 말도 없이 그녀는 등을 돌렸다. 그녀는 풍성한 이 가을까지도 친구들을 떠나 혼자 외롭게 보내고 있을지도 모르겠다. 아니 사교성이 많은 여인이라서 쓸쓸하고 외롭게 보내지는 않을 거라는 생각이 들면서도 마음이 쓰인다. 그녀는 표현력이 월등했다. 바람에 떨어지는 낙엽을 보며 가을은 외롭고 쓸쓸하다는 얘기를 곧잘 했었고, 시인처럼 서정적인 글귀들을 술술 쏟아내곤 했었다. 감성이 풍부하고 낭만적이었다.

그녀를 이해하자고 마음을 달래 본다. 이 가을이 깊어져 겨울이 오면 그녀도 고독한 추위를 느낄 테다. 따뜻한 봄이 오기 전에 그녀를 다시 만나고 싶다. 그녀의 성격을 이제 알았다. 좋은 면만 보고 단점에 대해서는 감추어 줄 수 있는 친구가 되어주지 못한 나 자신에게 질책을 하며 반성한다.

아무도 손대지 않은 담 너머로 늘어진 가지에 달린 탱글탱글한 빨간 감을 바라보며 어린 풋감이었던 지난날의 나를 돌아본다. 그녀에게 너무 인색했고, 이해와 배려가 부족하지 않았을까? 그녀는 내가 손을 내밀면 분명히 내 손을 잡아줄 것 같다. 그녀를 위해 쓴소리를 해준 나를 지금쯤은 이해하고 있을지도 모른다.

가끔 만나 수다스럽게 속마음을 털어놓던 그 커피숍 그 자리가 그리워진다. 김이 모락모락 피어오르며 진한 향을 내뿜어 행복을 느끼게 해주던 따끈한 헤이즐럿커피가 그립다. 향기 그윽한 커피를 앞에 놓고 마주앉아 눈웃음을 예쁘게 치던 그녀의 모습을 다시 볼 수 있었으면.

5부
동백을 바라보며

눈이 지붕에서 녹아내리며 생기는 고드름이 있다. 지금은 보기 드문 고드름이다. 고드름을 따서 고드름 싸움을 하며 손이 시린 줄도 모르고 재미있게 놀았던 기억도 희미하게 떠오른다. 눈은 우리 가슴에서 추억을 떠올리며 그리움으로 남아 있다.

송별사

존경하는 동장님께

짙어진 신록이 오랜 가뭄의 기다림 끝에 내린 단비를 머금고 더욱 생기가 돋는 싱그러운 6월 끝자락입니다. 담장 너머로 환하게 얼굴을 내밀고 있던 붉은 넝쿨장미는 초여름의 소임을 다한 듯, 시들해져가고 있지요. 어쩜 동장님의 퇴임을 앞두고 뭉클하기도 하고 한편 서운한 우리 마음을 넝쿨장미에게 들킨 것 같기도 합니다. 그동안 즐거운 일, 힘든 일들이 많았겠지만 특히 송천 2동에 오셔서 수고 많았지요? 가실 날이 차츰차츰 다가오니 계실 때 잘해 드리지 못해 죄송한 마음뿐입니다.

동장님!

오늘, 조촐하게나마 훌륭하신 우리 동장님의 업적을 얘기 나누며 명예로운 퇴임을 축하해드리고자 조심스럽게 자리를 꾸몄습니다. 부족하지만 행복한 마음으로 받아주시고 좋은 시간이 되었으면 합니다. 그리고 고집스럽게 30년을 넘게 오직 한 길만을 걸어오신 동장님께서 우리 송천2동에서 퇴직하게 됨을 정말 기쁘게 생각하고 영광스런 퇴임을 진심으로 축하합니다.

짧은 기간이지만 동장님을 보면서 진정한 애국자라는 생각을 많이 했답니다.

동장님!

동장님께서 힘든 일도 마다하지 않고 물심양면으로 도와주셨기에 제가 1년 동안 송천2동주민자치위원장 일을 잘할 수 있었습니다. 주변에서 칭찬을 들을 때마다 동장님의 덕택이라고 생각했지요. 송천2동에 오셔서 어렵고 힘든 일도 많았지요? 이제는 그런 일들이 정겨운 풍경으로 남아 시시때때로 계절마다 그려지는 추억으로 결코 잊을 수 없을 것입니다.

동장님!

찬바람이 휘몰아쳐 두 뺨을 시리게 하던 정월 대보름날, 신풍교 다리 밑에서 송천2동 주민들이 모여 제1회 달집태우기 축제를 하던 날은 추운 날씨에 주민들이 얼마나 오실까 우려했던 것과는 달리 상상 외로 많은 주민들이 모여 성황을 이루어 무척이나 행복했었지요.

그리고 송천2동의 어려운 이웃을 돕고자 기금 마련을 위해 자생단체회원들이 땀을 뻘뻘 흘리며 한마음이 되어 바자회를 하던 날 또한 얼마나 기뻤습니까?

살얼음이 얼어 손발을 시리게 하던 동짓달. 주민자치위원회를 중심으로 자생단체들이 힘을 모아 추운 줄도 모르고 즐겁게 하하 호호 웃음꽃을 피우며 동사무소 마당에서 김장을 했었지요. 맛깔스럽게 버무려진 김치에 막걸리를 한 잔씩 나누며 정말 즐거웠습니다.

뭐니 뭐니 해도 보람이 있었던 일은 1년 동안 어렵고 힘든 일들을 거침없이 해내고 동사무소 3층에서 송천2동 자생단체회원들과 한자리에 모여 화합을 약속하며 송년회 잔치를 하던 날이었던 것 같습니다.

동장님!

각각이었던 자생단체가 한데 모여 어우러진 모습을 보며 참으로 즐거웠지요? 저도 일한 보람을 느끼며 무척이나 행복했답니다. 열심히 일한 뒤에 얻는 행복이 이런 것이라는 걸 알았지요. 이 모두가 동장님이 이끌어주셨기에 가능했습니다. 동장님! 진심으로 감사드립니다.

동장님!

부족함이 많은 저에게 늘 따뜻한 마음과 깊은 사랑으로 배려해주신 동장님께 본의 아니게 심기를 불편하게 해드린 일도 있을 겁니다. 그런 일이 있었다면 대단히 송구스럽게 생각합니다. 그리고 그동안 헤아릴 수 없이 경거망동하게 한 행동에 대해 반성도 해봅니다. 동장님의 바다와 같은 넓은 아량으로 이해하여 주시길 감히 부탁드립니다.

동장님!

세월은 끊임없이 흐르고 그 흐름을 따라 우리는 만나고 헤어집니다. 그리고 헤어짐은 언제나 슬픔과 아쉬움을 안겨주지요. 특히 어떤 사람과 헤어지냐에 따라 헤어짐의 여운은 길기도 하고 쉽게 지워지기도 합니다. 항상 주민과 함께 이해와 배려, 섬김을 마다하지 않는 동장님과의 헤어짐은 그 빈자리와 함께 우리의 가슴속에 오랜 울림으로 남을 것입니다.

동장님의 큰 뜻을 가슴에 새기며 송천2동 자생단체 회원 모두는 튼실한 열매를 맺기 위해 한 걸음씩 한 걸음씩 더 나가기 위해 노력하겠습니다.

동장님!

송천2동 주민들의 눈에 비친 동장님의 모습은 언제나 빛나는 정신의 힘을 바탕으로 끊임없이 지성을 닦으며 조용한 열정을 품고 사는 모습이었습니다. 담담하면서도 깊은 사랑으로 주민들을 대하셨고 가끔씩 예리한 말씀을 던져서 감동을 주었지요. 그러한 동장님의 모습 자체가 자생단체 회원들의 마음을 움직였고 단합의 원동력이 되었습니다.

권위주의와 겉치레를 멀리하고 이해관계를 떠나 진실과 의를 추구하며 살아오신 동장님이셨습니다. 동장님의 모습은 그 자체로 인간교육의 밑거름이 무엇인가를 되새기게 해주었습니다. 아무런 대가도, 치하도 바라지 않고 오로지 송천2동이 잘되기만을 바라는 순수한 마음이셨지요. 동장님의 모습은 저희들에게 커다란 거울이었습니다.

동장님의 그러한 뜻을 이어받아 조금이라도 더 나은 나눔과 봉사를 위해 노력하겠다고 다짐하곤 했지요.

동장님!

누군가 있다가 떠나간 자리엔 한동안 그 사람의 흔적이 남기 마련입니다. 2016년 1월에 부임해 오셔서 짧은 세월 동안, 송천2동에 남겨 놓은 훌륭한 업적과 자생단체들과 함께하셨던 날들은 우리의 가슴에 좋은 추억으로 꾸며 있을 겁니다.

동장님!

공무원으로서 퇴직은 끝이 아닌 사회에 첫발을 내딛는 제2의 인생 시작이라고 할 수 있습니다. 얽매인 생활에서 벗어나 자유로운 삶의 시작이지요. 인생은 60부터라는 말이 있듯이 동장님 주변에 좋은 분들이 많이 있다는 것도 동장님께서 긍정적으로 살아오셨다는 부정할 수 없는 증거이지요. 따라서 앞으로도 긍정적으로 삶을 더 멋지게 꾸며 가시리라 기대합니다.

존경하고 사랑하는 동장님!

오랫동안 애쓰셨으니 이제는 안개 자욱한 미혹의 세상사들 모두 털어내시고 한껏 자유롭게 지내시기 바랍니다. 그리고 그 큰 자유의 발걸음 위에 건강과 행복이 함께하시기를 간절히 기원하겠습니다. 동장님이 가시는 걸음 걸음마다 아름답고 멋진 꽃길이기를 기원하며 항상 건강을 지키며 사시기 바랍니다. 저희도 동장님의 깊은 뜻을 본받아 자생단체가 똘똘 뭉쳐 송천2동의 발전을 위해 노력하겠습니다.

동장님의 퇴직을 진심으로 축하합니다.

동장님! 사랑합니다.

2017년 6월 30일

송천2동 주민자치위원장 정성려

가을이 가기 전에 편지를

까악! 까악! 집 앞, 전봇대 꼭대기에 까치가 앉아 목청을 높여 울어댄다. 반가운 손님이 올 거라는 기별을 하는 것일까? 예로부터 어른들은 집 근처 나무 위에서 까치가 울면 손님이 온다는 말을 했었다. 사춘기를 넘어선 소녀 시절, 매일 집배원 아저씨가 올 시간이면 편지를 기다리는 낙으로 지냈던 때가 어렴풋이 스쳐간다. 그때는 뒤란에 키 큰 오동나무가 있었다. 오동나무의 높은 꼭대기에 까치가 앉아 울면 기다리던 반가운 편지가 왔다. 이른 아침, 텃밭에서 이랑을 넘나들며 세상과 벗하러 뾰족하게 얼굴을 내밀고 나오는 어린 마늘의 새싹과 채소들의 이슬 먹은 떡잎을 관찰하다가, 오늘은 반가운 손님을 만날 것 같은 예감이 들었다. 기대하는 마음으로 전봇대에 앉아 있는 까치를 올려다본다.

나는 편지 쓰기를 좋아했었다. 완고한 할아버지께는 여자들이 사회생활 하는 것이 감히 용납이 되지 않는 일이었다. 사회 변화와 흐름도 모르고 오직 집 안에서 어머니의 일손을 도와드리며 살림을 배우고 동생들의 뒷바라지를 해주는 일이 내가 해야 할 일이었다. 그때 라디오는 유일한 내 친구였다. 내가 가는 곳에는 항상 라디오가 따라다녔다. 그 시절 즐겨 듣고 좋아했던 라디오 프로는 〈여성 시대〉와 〈밤을 잊은 그대에게〉 였다. 애청자들이 보내준 편지로 엮어가는 프로다. 라디오에서 흘러나오는 노래와 사이사이에 들려주는 애청자들의 편지 사연을 들으며 감동하고 공감을 느껴 나도 편지를 자주 보냈었다. 내 편지는 언제쯤 나올까 기다리며 초조한 마음으로 편지를 쓰고, 또 쓰곤 했었다. 그러다가 내가 보낸 편지가 채택이 되어 방송을 타고 흘러나오면 어찌나 반갑고 좋았던지…….

그때 편지를 썼던 것이 글쓰기의 시작이었고 작가가 되는 길의 연습이었던 것 같다.

시대의 변화에 따라 느린 손편지는 사람들에게서 차츰 멀어져 가고 있다. 컴퓨터의 e-메일, 핸드폰의 카톡과 문자가 초고속으로 빠르게 확산되면서 편지를 대신하고 있으며 바쁜 일상에 손편지는 관심에서 벗어나고 있다. 사회가 발달함으로써 좋은 점도 많지만 그로 인해 사람과 사람들 사이에 사랑과 인정이 메말라 가고 있는 것은 사실이다. 대화가 단절되고 가족들과도 소통이 되지 않고 있다는 것이다. 또한 핵가족화로 변해가면서부터 외식문화가 발달하여 가족이나 친지들과 외식을 많이 하게 되었다. 요즘 어른과 아이들을 막론하고 휴대폰 없는 사람이 없이 누구나에게 필수품이 되었다. 그러다 보니 음식을 주문해 놓고 각자 폰을 바라보며 자기 할일을 하고 있다는 것이다. 모처럼 가족이 모여 식사를 할 때라도 도란도란 대화를 하며 밥상머리 교육을 통해 소통할 수 있는 시간을 가지면 좋을 성싶은데 말이다. 휴대폰으로 인해 대화가 단절된 셈이다.

따스한 햇살이 정겹게 퍼지던 봄, 초등학교 4학년 교실에서 편지쓰기 강좌를 하던 날이다. 주어진 시간은 두 시간이었다. 편지를 쓰면 좋은 점과 편지를 쓰는 형식 등 20분 동안에 충분히 설명을 하고 어린이들에게 형식에 맞게 편지를 써보게 하는 전북우정청에서 지원하는 편지강좌다. 소란하던 아이들이 나누어준 편지지를 받아들고 조용해졌다. 행여 짝꿍이 볼세라 손으로 가리고 진지하게 속마음을 써내려가는 모습은 참으로 예뻤다. 상상 밖에 어린아이들 마음에 깊은 생각들이 있었고 부모님을 생각하고 할머니 할아버지를 존경하는 마음이 어른 못지않았다. 정답이 없는 편지에서 잘 쓴 편지를 고른다는 것은 쉽지 않은 일이다. 하지만 우수작을 선별해야 했기에 편지 쓰는 형식에 맞게 쓰고, 전하고 싶은 말을 진솔하게 잘 쓴 편지를 뽑았다. 손녀가 할머니께 쓴 편지였다. 편지를 쓴 학생에게 낭독할 기회를 주었다. 편지를 읽으며 할머니에 대한 고마움이 감동으로 북받쳤는지 닭똥 같은 눈물을 뚝뚝 떨어뜨리며 엉엉 소리 내어 울고 있었다. 이것이 가족의 사랑이고 소통일 것이다.

올여름은 무척이나 무덥고 지루했다. 물러나지 않을 것 같던 무더운 여름도 세월의 흐름에 따라 뒷걸음을 쳤다. 서늘해서 가을인가 싶었는데 조석으로는 싸늘하고 차가운 공기가 옷깃을 여미게 한다. 현관 앞 처마 밑에 한 뼘의 집을 짓고 살던 우리 집 제비는 텃세를 내지도 않고 인사도 없이 강남으로 훌쩍 떠난 모양이다. 며칠 전부터 눈에 띄지 않는다. 내년 봄엔 대가로 기쁜 소식을 안고 어김없이 돌아올 것이다. 가을은 풍성한 계절이면서도 왠지 보내는 느낌으로 다가와 아쉬움이 많은 계절이기도 하다. 좋은 계절, 이 가을이 가기 전에 따뜻하고 사랑이 넘치는 사연을 담아 그리운 사람, 고마운 사람에게 안부와 표현하지 못한 마음을 예쁘게 손편지로 써봐야겠다.

너를 보내고 나서

연일 포근하더니 봄을 재촉하는 비가 내린다. 긴 겨울 땅속에서 봄을 기다리고 있던 새싹들은 반가워 환호를 지르고 있을지도 모르겠다. 봄이 성큼성큼 다가와 대문 밖에서 기다리고 있었나 보다. 어제는 대문을 활짝 열어 놓았더니 살며시 들어왔다. 나지막하게 서 있는 매실나무를 건드려 꽃망울을 빵긋 터트려 놓았다. 곧 가냘픈 앵두꽃과 살구꽃도 활짝 웃으며 뽐을 내겠다. 오랜 세월 너와 동고동락했던 친구들 모두 봄이 오기를 무척이나 기다렸을 게다.

매화, 앵두, 살구꽃 뒤이어 흐드러지게 피어야 할 너를 보냈으니 올봄은 허전할 것 같다. 봄이 오면 집 안이 온통 너로 인해 꽃대궐이었는데 말이다.

25년의 인연을 끊고 너를 보내고 나서 내 마음은 무척이나 짠

했다. 너의 빈자리는 너무도 휑하고 우리 집 울안이 이상하리만치 크고 넓게 느껴졌다. 너의 자리가 그렇게 컸다는 것을 네가 떠난 뒤 알았다.

긴 세월 동안 사계절 모두 우리 가족은 너로 인해 무척이나 행복했다. 우리 집 앞을 지나가는 마을 사람들까지도 담 너머로 너를 바라보며 아름다운 자태에 넋을 잃곤 했었다. 가던 길을 멈추고 한참을 너의 아름다움에 빠져 발길을 옮기지 못하고 있었다. 너는 많은 사람들에게 그토록 기쁨과 행복을 안겨주었다.

너는 봄이면 화려한 자태로 벌과 희고 노란 꽃나비를 유혹해 날아들게 했다. 우리 집은 울긋불긋 화려한 꽃과 벌나비가 날아다니는 그야말로 꽃대궐이었다. 따뜻한 봄뿐 아니다. 여름이면 어우러져 너의 잔가지에 온갖 이름 모를 새들까지 모여들어 자연 속에서 생음악을 들으며 살았다. 굉음과 같은 알람소리보다 아름다운 새들의 노랫소리로 먼저 새벽잠을 깼다. 그로 인해 하루를 시작하는 기분은 언제나 상쾌했다. 늦가을 안개가 내리고 기온이 영하로 내려간 날은 너의 단풍 위에 핀 서리꽃은 그야말로 환상 그 자체였다. 겨울이면 밤새 내린 눈으로 덮인 네 모습은 너무도 아름다웠다. 그렇게 많은 세월을 그 자리에 곧게 서서 몸을 키워가며 아름다움을 선물했다. 그런데 너의 고마움을 모르고 살아왔다. 네가 떠난 뒤에 고마움을 알았다. 관심을 주지 않아도 훌쩍 커서 행복하게 해주었는데 말이다.

어느 날 보니 부쩍 커 있던 너는 우리의 손을 많이 기다렸을 테지만 무관심이었다. 그저 때때로 변하는 모습을 감상하고 감탄하며 지냈을 뿐이다. 너를 보내고 나니 너무 미안하다.

25년 전, 새집을 지은 뒤 자동차가 드나들 마당을 넓게 잡은 다음, 텃밭을 다듬어 놓고 텃밭과 마당 사이에 화단을 만들었다. 가을이면 주홍빛 감들이 주렁주렁 매달려 있는 그림 같은 집을 구상했다. 오는 사람 가는 사람들에게 금방 터질 것같이 붉게 익은 홍시를 내주며 사람 사는 맛을 느끼며 살고 싶었다. 그렇게 아름다운 풍경을 연상하며 텃밭 가장자리에 감나무를 여러 그루 심었다. 그리고 감나무 사이에 살구나무, 매실나무, 대추나무, 앵두나무를 심었다. 화단에는 친정아버지께서 조경 사업을 하시며 키워놓은 백일홍나무, 자목련, 백목련, 주목나무, 동백나무를 얻어다 심었다. 그리고 가장자리에는 꺾꽂이를 하여 비닐하우스에서 겨울을 견디고 가녀린 새순을 내밀고 나온 어린 너를 옮겨 심었다. 너로 꽃동산을 만들기 위한 계획이었다.

그런데 너무 어려서 그랬는지, 토질이 달라서였는지, 아니면 몸살을 했는지, 너무도 더디게 크는 너에게서 마음이 멀어지고 말았다. 쑥쑥 크는 다른 나무와는 달리 하늘을 바라볼 줄 모르고 땅만 지키고 있는 너에게 신경을 쓰지 않았다. 몇 해가 지나고 어느 날 눈에 들어온 너는 부쩍 커 있었다. 사람도 단정하게 이발을 하고 다듬으면 인물이 달라지듯 삐죽삐죽 크는 너의 머리를 단정하게 이발해주며 예쁘게 가꾸었다.

남편은 텃밭에 상토를 하고 텃밭을 높일 계획을 말했다. 화단의 위치도 바꿔야겠다고 했다. 텃밭의 지대가 낮아서 비가 오면 물이 고이고 정성들여 가꾼 채소들에게 피해가 되어 상토를 해야겠다는 것이다. 담장도 허물었다. 큰 덤프트럭과 포클레인이 텃밭으로 들어오려면 어쩔 수 없는 일이었다. 남편은 큰 나무를 톱으로 자르기 시작했다. 25년을 컸으니 모두 통통한 나무들이다. 어쩔 수 없이 너도 20대 꽃다운 나이에 보낼 수밖에 없었다.

강산도 두 번은 더 변했을 지금, 그 시절을 뒤돌아보았다. 나에게도 꽃다운 20세는 있었다. 좋은 줄도 모르고 지나갔을 뿐이다. 아련히 떠오르는 그 시절이 아쉬움과 그리움으로 엉켜 있다. 꿈이 많던 시절이었지만 가슴속에 품고만 살아야 했던 때였다. 너무도 허무하게 느껴지지만 되돌아갈 수도, 물릴 수도 없는 지나가버린 세월이다. 이제라도 하나씩 하나씩 그려내어 그리운 추억의 보따리에 예쁘게 승화시켜 묶어 놓아야겠다.

봄을 어떻게 맞이할까? 아니 봄이 우리 집에는 오지 않을 것만 같다. 꽃대궐을 만들어주던 철쭉 네가 없으니 말이다. 봄은 대문 밖에서 기다리고 있는데…….

눈은 그리움이다

겨우내 기다리던 눈이다. 입춘도 지나고 따뜻한 날씨가 계속 이어져 이대로 봄이 올 거라고 생각했었다. 그런데 눈이 내린다. 휴일에는 양지쪽에서 파릇하게 어린 새싹을 내밀고 올라온 봄나물을 캤고 아침 식탁에 봄 향기 가득한 밥상을 차려냈다. 하루 사이에 갑자기 변덕스럽게 바람이 불고 기온이 뚝 떨어져 눈발이 산만하게 날린다. 많은 눈이 내릴 거라는 일기예보 소식까지 전해진다. 자치센터에서 많은 눈이 내릴 것을 대비하여 비닐하우스에 작물을 재배하고 있는 농가에 피해를 입지 않도록 단단히 준비하라는 메시지가 전달된다. 그리고 밤에 눈이 많이 내리면 제설작업을 해야 하니 새벽에 자치센터로 출동하라는 명령까지 전해온다. 마을 통장을 맡고 있으니 해야 할일이다. 눈을 기다려왔건만 막상 많은 눈이 내릴 거라는 예보에 비상이 걸리고 추워진 날씨에 몸은 활발하지 못하다. 당장 내일 출근이 걱정으로 다가온다.

간간이 내린 눈은 땅에 닿으면 금방 녹아버리고 밤에는 기온이 뚝 떨어져 눈이 쌓이지 않아도 새벽 도로는 빙판이 될 게 분명하다. 내일 출근길은 평상시보다 앞당겨야 할 것이고 거북이처럼 느리게 기어가야 할 것 같다.

오늘 내리는 눈은 입춘이 지났으니 춘설이라고 해야 맞을 것 같다. 눈답지 않게 조금 흩날리다 말았지만 이번에 내리는 눈이 올겨울 첫눈인 셈이다. 이런 날은 자동차는 세워두고 안전하게 대중교통을 이용하는 편이 좋겠지만 자동차를 이용해야 일을 할 수 있는 직업을 가진 사람은 어쩔 수 없기에 조심해야 할 것이다.

20년이 지난 오래전 초보운전 시절이다. 내렸던 눈이 다 녹아 도로는 말끔하게 마르고 거침이 없었다. 싱싱 달려 터널을 진입했는데 앞서 가던 차가 느릿느릿 가기에 안전을 위해 브레이크를 밟는 순간 자동차가 이리저리 미끄러져 갈피를 잡지 못하였다. 옆자리에 탔던 남편도 놀라서 브레이크를 밟지 말고 발을 떼라고 소리쳤지만 차가 멈춰야 하는데 발을 뗄 수가 없었다. 초보운전이기에 당황해서 더 그랬을 것이다. 다행히 마주오던 차가 없었던 터라 사고는 없었지만 간이 콩알만 해지고 어찌나 다리가 후들후들 떨리던지 남편에게 운전석을 내주고 가슴을 쓸어내렸다. 그 후로 한동안 눈이 오면 미끄러질까 무서워 차를 세워두고 버스를 이용했었다. 누구나 자동차를 가지고 있는 사람들이라면 한 번쯤은 크고 작은 사고 경험이 있을 것이다. 운전은 경험이 많다고, 베테랑이라고 절대 방심해서도 안 될 일이고 과시해서도 안 될 일이다.

어릴 적에는 농촌에서 살아서 겨울이 오면 눈에 대한 추억들이 많다. 그때는 겨울이 엄청 추웠다. 냇가에는 얼음이 두껍게 얼어 썰매를 타고 팽이 돌리기도 하며 추운 줄도 모르고 종일 얼음위에서 놀았다. 눈이 지붕에서 녹아내리며 생기는 고드름이 있다. 지금은 보기 드문 고드름이다. 고드름을 따서 고드름 싸움을 하며 손이 시린 줄도 모르고 재미있게 놀았던 기억도 희미하게 떠오른다. 눈은 우리 가슴에서 추억을 떠올리며 그리움으로 남아 있다.

무주는 우리를 기다리고 있었다

함께하고 싶었다. 기다리던 그날이 오늘이다. 수필창작 수요반 문학기행에는 참석한 적이 없어 아쉽기만 했었다. 그래서 바쁜 중에도 어렵게 시간을 냈다. 혹시라도 그 언제처럼 마음이 변할까 봐 차량 지원까지 하겠다고 약속했다. 이번만큼은 꼭 참석하겠노라고 단단히 마음먹었다. 장마도 끝나지 않은 터라 하늘은 먹구름으로 가려 있었다. 어디에 비를 쏟아 내려고 그러는지, 구름의 이동이 빨랐다. 아침까지 가랑비가 오락가락했다. 기대했던 문학기행을 망칠까 은근히 걱정이 되었다. 물 한 모금 입에 물고 하늘 한 번 쳐다보고, 물 한 모금 입에 물고 하늘 한 번 또 쳐다보는 병아리처럼 하늘을 자꾸 올려다보았다. 비가 올까 봐 우산도 챙겼다. 만나기로 약속한 시간에 여유 있게 도착할 거라

생각하고 출발했는데 출근시간 때라서 생각과는 달리 차가 밀려 5분 늦게 도착했다. 수업시간에 지각하여 발자국 소리를 죽여가며 맨 뒷자리에 슬그머니 앉을 때처럼 부끄럽고 미안했다. 다른 문우님께서 차량 지원을 하겠다고 하셔서 내 차는 주차해놓고 몸은 편하게 출발했지만 내가 제일 젊기에 마음은 편치 않았다. 그 마음도 잠시 정다운 문우님들과 문학기행을 함께한다는 것만으로도 기분은 날아갈 것 같았다.

한 목사님의 차에 교수님과 여섯 명이 함께 탔다. 수업시간에도 출석보다 결석을 더 많이 했기에 같은 교실에서 공부하는 문우님들과도 서먹서먹하고 어렵기만 했었다. 문학기행은 참말로 좋은 것이었다. 운전을 하시면서도 유머스런 말솜씨로 웃음을 자아내게 하고 분위기를 살려준 덕에 높기만 했던 벽은 허물어지고 편해졌다. 오늘의 선택은 정말 탁월했다. 그러는 사이에 무주는 가까워졌다. 멀리 보이는 산 중턱에 걸려 있던 먹구름은 비를 뿌릴 것만 같았다. 그런데 우리 일행을 실은 차가 무주에 들어서면서 구름 사이로 파란 하늘을 드러내고 있었다.

무주는 우리를 기다렸던 것일까? 무주에 도착하니 먹구름도 슬그머니 높은 산을 넘어 비켜가고 있었다. 한 목사님 고향도 무주라고 하셨다. 고향에서 목사님이 오신 것을 알아본 모양이다. 목사님은 고향에 도착하니 어린아이처럼 신이 나셨다.

"왼쪽을 보세요. 오른쪽 저기 보이시지요?"

무주에 관한 해설을 한 곳이라도 놓칠세라 쉬지 않고 해주셨다. 수마가 할퀴고 간 흙더미의 흔적들이 산 아래 군데군데 남아 있어 마음은 짠했지만 넓은 냇가의 시원한 물소리는 기분을 동심으로 돌려놓았다. 우리 문우님들 중에는 무주가 고향이고 무주와 연관된 분들이 많았다.

"아마 훌륭한 분들이라서 선생님들이 오신 것을 알고 먹구름이 피하는가 보네요."

활짝 웃으며 분위기는 업이 되었다.

전라북도에도 이렇게 좋은 곳이 있었다니……. 등잔 밑이 어두운 줄 모른다더니 먼 곳만을 선별하여 여행을 다녔다. 가까운 전북에 이렇게 좋은 곳이 있는데도 몰랐다. 아니 농촌이 고향인 터라 반딧불 축제를 한다 해도 흔한 곤충으로만 생각하고 관심밖이었다. 곤충박물관을 관람하며 준비하고 꾸며 놓는 과정에 많은 노고가 있을 것 같아 연신 감탄사가 나왔다. 반디랜드의 많은 곤충들이 모형이 아닌 진짜라는 데 더 흥미가 진진했다. 어린 손주들 생각이 났다. 공부하는 어린아이들에게는 많은 도움이 될 것 같아 다음에 전주에 내려오면 데려오고 싶었다.

많이 웃어서일까? 힘든 일을 한 것도 아닌데 배가 고팠다. 시계를 보니 12시, 점심시간이 지난 것도 아니다. 아침 식사도 잘 먹고 왔는데 기분이 좋으면 소화도 잘되나 보다. 미리 예약된 식당으로 이동하여 차려 놓은 상을 보니 푸짐했다. 금강산도 식후경이라는 말이 맞는 듯했다.

태권도원의 모노레일은 신기 그 자체였다. 오르막을 오르는데 기울임도 없이 편안하게 전망대까지 데려다 주었다. 전망대에서 내려다본 무주는 아름다웠다. 짙푸른 경치 속에 옹기종기 모여 있는 작은 마을들은 너무나 평온해 보였다. 그림처럼 느껴져 사진으로 남기고 싶어 연신 카메라 셔터를 눌러댔다. 작은 카메라 안에 찍힌 경치는 더 아름다웠다. 정말 자연은 신비로웠다.

1시간쯤 걸리는 무주에서 전주까지 돌아오는 길은 젊은 날의 추억 이야기로 꽃을 피웠다. 곽창선 선생님의 입담에 끌려 한 목사님에 이어 나도 젊은 날의 추억을 끄집어낼 수밖에 없었다. 십팔 세 소녀로 돌아가 부끄러운 줄도 모르고 다 쏟아냈다. 그 어느 하늘 아래 잘 살고 있을 그때의 첫사랑. 가슴에 간직하고 있던 그 총각을. 아마 지금쯤 그 총각도 할아버지가 되어 있을 게다. 한참 웃다 보니 저녁 식사 약속장소에 도착했다. 아직도 못다 한 이야기가 많이 남았는데 이럴 때는 시간이 더 잘 간다. 아쉬웠다.

내가 수필 쓰기를 선택한 것이 얼마나 잘한 건지 새삼 느낀 날이다. 무주에는 한 건물 안에 김환태문학관과 최북미술관이 자리하고 있었다. 무주 출신 문학평론가 김환태 선생님은 36세에 작고하셨다고 했다. 한창 젊은 나이에 폐병으로 사망하셨지만 글을 쓰셨기에 죽어서도 그 이름이 책으로 남아 있다. 또 그 이름도 오래오래 불려지고 있지 않는가? 내 이름도 수필가로 남기고 싶다는 생각이 들었다. 나는 더 열심히 글쓰기에 충실할 것을 다짐했다. 오늘은 많이 보고 깨달아서 행복한 날이었다.

부자마을이 된 내 고향

고향땅을 밟으면 어머니의 품처럼 포근하다. 나이 예순을 넘기며 이제야 가슴에 다가오는 느낌이다. 부모님은 돌아가셨지만 고향을 찾을 때마다 따뜻한 정을 느낀다. 자동차에 몸을 싣고 고향으로 달려갈 때면 어릴 적 그때처럼 마냥 기분이 좋다. 결혼하기 전에는 잠시도 고향을 떠나 살아본 적이 없기에 고향에 대한 많은 추억들이 양파 속처럼 겹겹이 가슴에 쌓여 있다.

부지런하고 인정이 넘치는 부자마을이라고 소문이 난 내 고향은 완주군 소양면 죽절리다. 마을에서 대나무를 본 적은 없다. 그런데 오랜 옛날, 마을 뒷산에 대나무가 많아 죽절리라고 했다는 유래가 있다. 또 지긋지긋하게 가난하여 죽만 먹고 살았다고 해서 마을 이름을 '죽절리'라고 불렀다고도 했다. 마을 이름의 유래를 들으면 조상들의 고단했던 삶이 짐작된다. 얼마나 가난했으면 마을 이름을 그렇게 불렀을까? 하지만 1970년도 새마을운동 이후로 고향 마을도 차츰차츰 잘사는 마을로 변해갔다. 가난을 잊은 지 오래다. 지금은 부자마을로 손꼽힌다.

부모님이 돌아가신 뒤, 큰동생이 친정집에서 산다. 그래서 가끔 들른다. 그럴 때마다 마을 어귀에 있는 경로당에서 마을 어르신들을 만난다. 고향을 지켜 오신 어르신들이 많이 돌아가셨지만 몇 분이 계셔서 부모님을 뵙는 것 같다. 경로당 마당은 유모차로 즐비하다. 유모차 주차장이라고 해야 맞을 것 같다. 누구라고 할 것 없이 다리는 안짱다리로 변했고, 허리도 굽어 유모차가 아니면 조금도 걷기 힘든 모습들이다. 어느 한 분도 반듯한 몸매를 유지하고 계신 어르신이 없다. 늙으면 몸매는 당연히 흐트러지지만 특히 내 고향 어르신들은 더 심하다. 유모차에 의지하여 뒤뚱뒤뚱 오리처럼 힘들게 걷는다. 유모차가 효자라고 하신다. 논밭에 2모작이 아닌 4모작, 5모작까지 농사를 지어 수확한 농산물을 시장에 내다 팔아 많은 자식들을 키우고 가르치느라 고생하신 증거다. 몸이 망가지는 줄도 모르고 농한기도 없이 사계절 일만 하셨다. 하루라도 쉬면 큰일이 나는 줄 알고 비가 오는 날에도 쉬지 않던 분들이다. 잠시 안부를 묻고 마을 첫들머리에 있는 동생 집으로 간다. 담장 너머로 우뚝 솟은 감나무에 주홍빛으로 변한 감이 주렁주렁 매달려 있다. 어머니는 감을 무척이나 좋아하셨다. 그렇게 좋아하면서도 홍시 하나를 뚝 따서 못 드시고 좋은 것은 시장에 내다 파셨다. 육 남매 자식들 뒷바라지하느라 까치가 콕콕 쪼아 팔지 못할 것만 드시고 성한 것 하나 당신 입에 넣지 못하셨다. 친정에는 지금도 부모님의 손때 묻은 농기구며 농기계들이 녹슨 채 남아 있다. 녹슨 농기구는 세월의 흔적이다. 동생은 부모님이 쓰시던 농기계로 휴일은 교사가 아닌 농부로 농사를 짓는다. 주말이면 내려와 부모님을 돕곤 했었다. 그때 부모님을 도우며 배운 농사 기술이다.

100세를 넘기신 어머니를 모시고 산다며 고향에 새집을 지어 이사를 온 친구네 집들이에 여러 친구들과 함께 초대받았다. 푸짐하게 차려낸 밥상을 마주하고 앉아 옛날얘기를 하며 방안 가득 웃음꽃을 피웠다. 입도 마음도 즐거운 시간이었다. 식사를 마치고 고향을 한 바퀴 돌아볼 요량으로 서둘러 일어났다.

내 고향은 아래뜸과 위뜸 그리고 친정집이 자리잡고 있는 새터가 있다. 마을 사람들끼리 부르는 명칭이다. 위뜸과 아래뜸에서 한 집, 두 집, 내려와 집을 짓고 살다 보니 새로운 터가 이루어져 새터라고 불렀다. 옛 추억들이 마을 곳곳에서 새롭게 떠오른다. 기억에 남아 있는 풍경은 변해 흔적도 남아 있지 않은 게 많다. 아침 식사를 마치고 해가 중천에 오를 즈음 아낙네들이 빨래를 대야에 담아 머리에 이고 빨래터에 모여 수다를 떨며 빨래하던 공동 빨래터는 잡초가 무성해 흔적뿐이다. 집집마다 세탁기가 있기 때문에 공동 빨래터는 필요가 없게 되었다. 그리고 무더웠던 한여름 밤이면 이곳은 여자들의 공동 목욕탕으로 변했다.

한 사람씩 돌아가며 망을 보고 목욕하던 마을 선녀목욕탕이었다. 지금은 생각지도 못할 일이지만 선녀가 목욕을 하러 내려왔다는 전설만큼이나 우리에게는 신선한 곳이었다.

아래뜸과 새터 사이에는 꽤 넓은 냇가가 있었는데 사람들이 건널 수 있는 외나무다리가 있었다. 아주 오래전에는 큰 돌을 놓아 만든 징검다리가 있었다고 했다. 그런데 비가 많이 올 때는 무거운 돌도 큰물에 휩쓸려 떠내려가 발이 묶이고 냇가를 건널 수 없게 되어 한동안 비가 그치고 큰물이 잦아질 때까지 기다려야 했다고 한다. 그 뒤로 큰 나무로 기둥을 세우고 긴 통나무 2개를 묶어 다리를 놓았다. 우리 마을에서는 그 다리를 외나무다리라고 했다. 아주 어릴 적이지만 내 기억에도 외나무다리의 형태가 생생하다. 통나무 위에는 지금의 콘크리트처럼 진흙을 발라서 위험하지 않게 해놓았지만 비가 자주 올 때면 흙이 빗물에 씻겨 떠내려가 통나무 사이에 구멍이 송송 나 있었다. 우리 밭도 아래뜸에 있어서 어머니와 할머니가 밭에서 일하시는 날에는 한 살 많은 삼촌과 손을 잡고 어머니가 일하는 밭으로 외나무다리를 건너가곤 했었다. 그 뒤로 사람과 농기계가 겨우 지날 수 있는 다리를 놓아 건너다녔는데 지금은 다리를 넓게 놓아 자동차들이 씽씽 달리고 있다.

누런 황금벌판으로 변한 가을날, 고향의 논밭은 단풍으로 울긋불긋 화려하다. 가난했던 고향 마을이 부자마을이 된 이유가 여기에 있다. 벼를 심어야 할 논에 조경에 좋은 나무들을 심어 농가 소득을 높이고 있기 때문이다. 이렇게 되기까지는 돌아가신 아버지의 역할이 컸다. 아버지는 농사를 천직으로 알고 살면서 새마을지도자와 마을이장을 맡아 했고 마을 발전에 많은 노력을 기울이셨다. 농촌지도소에서 농사 기술과 농가 소득을 높일 수 있는 특수작물 교육을 이수하고 마을 주민들에게 농업기술을 보급해주면서부터 차츰차츰 소득이 높아지고 부자마을로 변해갔다. 고향 마을 주민들은 예나 지금이나 엄청 부지런하다. 농한기가 없이 일을 하니 소득이 많을 수밖에 없다. 3년 전에는 소양면 주민센터가 고향 마을 앞으로 멋지게 신축 이전했다. 둘째 남동생이 면장으로 있으면서 많은 노력을 한 결과다. 남동생도 소양면민을 위해 최선을 다해 노력했고 주민들에게 인정을 받았다. 논두렁 밭두렁으로 찾아다니며 땀을 흘리며 일하는 농민들에게 피로회복제를 드리고 다녀 박카스면장이라는 호칭까지 얻었다. 아버지의 아들인데 오죽하랴. 동생이 면장을 하면서 부모님이 비록 농사를 짓고 사셨지만 훌륭하신 분이란 걸 알았다고 한다. 가는 곳마다 부모님 칭찬에 힘이 되었다는 동생은 더 열심히 할 수밖에 없었다고.

요즘은 마을 주민들도 주민센터가 가까워져서 여러 가지 프로그램에 참여하며 문화의 혜택을 받고 있다. 열심히 노력하고 일한 뒤에 얻는 보람일 것이다.

하늘에 계신 엄마께

엄마! 하늘나라 좋은 곳에서 잘 계시지요? 마지막 가시는 그 날까지 마음을 놓지 못하고 걱정을 하시던 6남매 자식들은 잘 지내고 있습니다.

엄마라는 이름만 들어도 좋기만 하던 우리 엄마, 하늘나라로 가신 지가 벌써 8년이 지났네요. 그런데도 어린아이들이 엄마라고 부르는 소리만 들어도 엄마를 잃었다는 슬픔에 왈칵 눈물이 쏟아질 때가 있답니다.

엄마! 엄마를 잃고는 단 하루도 살 수 없을 것 같았는데 엄마를 하늘나라로 보내드리고 엄마의 빈자리는 말할 수 없이 크지만 훌쩍 훌쩍 날이 잘도 가고 있어요. 손자 손녀들 재롱에 빠져 엄마를 잊고 살고 있어요. 이래서 자식인가 봅니다.

엄마! 엄마가 병석에 누워 계신 3개월 동안 하루가 다르게 야위어가고 자식들과의 인연을 놓으시려는 모습을 지켜보면서 가슴이 찢어지는 아픔을 느꼈답니다. 자식들의 마음이 아플까 봐 고통을 참고 또 참고 계시던 엄마의 마음을 우리도 알고 있었지요.

엄마! 뒷산 선영 아래 먼저 하늘나라로 가신 아빠 곁에 엄마를 나란히 모시고 집으로 내려와 엄마의 유품들을 정리하다 말고 우리 6남매는 다시 또 오열하고 말았지요.

오래전 홀며느리가 홀시아버지를 극진히 모신다는 내용이 지방신문에 보도가 된 적이 있었고 대한노인회에서 효부상을 받은 것만 알고 있었지요. 그런데 큰 단체에서 3개나 상을 더 받아 자식들 몰래 장롱 속에 감춰두었던 것을 발견했어요. 엄마는 훌륭한 상을 받을 만한 충분한 자격이 되는 분이셨어요. 그런데 상을 받으면서 어찌 자식들에게 말씀을 안 하셨는지요. 자식들에게 당연히 축하와 대접을 받아야 마땅한 일이었어요. 그런데 장롱 속에 깊이 감춰두고 돌아가신 뒤에 발견해서 자식들 눈에서 뜨거운 눈물을 나게 하셨는지요.

엄마가 평소에 입버릇처럼 할아버지께 잘한 것도 없는데 부끄럽다고 늘 겸손한 말씀만 하시더니 이렇게 큰 상이 숨어 있었기 때문이었다는 것을 이제야 알았습니다. 치매로 자식이며 손자를 몰라보는 연로하신 할아버지를 모시는 일이 홀로 계신 엄마에게는 쉬운 일만은 아니었지요. 참고 견디며 속이 까맣게 탔을 그 심정을 누가 알까요. 엄마를 지켜보는 우리 자식들은 천사의 모습을 보는 것 같았고 삶에 교훈이 되었습니다.

엄마! 엄마는 장손며느리로서 집안의 힘든 일을 도맡아 하시며 몸과 마음을 아끼지 않고 희생하며 살아오셨어요. 가족의 우애와 화목을 위해 힘든 일들을 혼자 감수하며 사셨지요.

결혼한 지 3년 만에 할머니가 돌아가시고 농사일이 서툰 엄마는 동네 사람들의 농사짓는 것을 보고 배우셨다는데 해가 지나면서 고장에서 소문난 부지런한 농사꾼이 되셨지요. 땅을 파고 또 파서 4모작 5모작까지 특수작물을 재배하시며 5남매 시동생들과 6남매 자식들을 올곧게 가르치고 키워주셨어요. 엄마는 효부만이 아닌 장한 어머니이기도 하셨지요. 정말 엄마는 부모에게나 자식에게 엄마의 몸이 망가지는 줄도 모르고 희생하며 살아 오셨어요. 정말 존경하고 자랑스럽습니다.

엄마! 23년 전 아버지께서 돌아가시고 홀로 계신 할아버지와 어린 자식들을 오롯이 맡아 키우며 무척이나 힘이 들었지요? 그랬지만 엄마는 항상 건강하고 웃는 모습만 자식들에게 보여주셨어요. 그러던 엄마였는데…….

엄마는 몸에 병마가 오는 줄도 모르고 오직 농사일을 천직으로 알고 사셨으며 아무리 피곤해도 잠을 주무시고 나면 아침에는 거뜬하다고 하셨지요. 흔한 감기 몸살 한 번 앓은 적이 없으셨어요. 그토록 건강하다고 믿었던 엄마가 속이 까맣게 타들어 갈 때까지 자식들은 물론 엄마 자신도 전혀 모르고 있었어요. 아니

엄마의 몸이 이 지경이 될 때까지 나이 든 탓으로 여기고 설마하며 고통을 참고 견디며 자식들의 마음이 아플까 봐 말씀을 안 하셨지요? 엄마의 병을 조금만 일찍 발견했더라면 이렇게 허망하게 보내드리지는 않았을 텐데……. 이제 후회한들 소용없는 일이 되었어요.

효도하려 해도 부모님은 기다려주지 않는다고 하더니 더 잘살면 효도할 거라고 미루고 또 미루고 엄마께 소홀했던 잘못이 가슴을 아프게 하네요.

엄마를 보낸 자식의 마음이 이토록 저려오는데 자식을 두고 가신 엄마의 마음은 얼마나 찢어지는 아픔이었을까요? 엄마를 오래오래 지켜드리지 못해 너무 죄송합니다.

엄마! 미안해요. 엄마에게 받은 사랑을 갚지 못하고 내 자식에게만 아낌없이 주고 살았어요. 엄마가 돌아가신 뒤 이토록 후회하며 가슴을 치고 있습니다. 엄마의 가르침대로, 엄마의 살아오신 모습대로 동생들과 우애하며 성실하게 열심히 살겠습니다. 하늘나라 좋은 곳에서는 아프지 말고 마음 편히 잘 계셔요. 엄마! 사랑해요.

2020년 7월 19일

큰딸 올림

선작選作

엄마는 거짓말쟁이

아버지께서 영면하신 지 벌써 13년이 지났다. 음력 2월 3일은 아버지 기일이다. 늦은 겨울이라고 할까, 이른 봄이라고 할까? 아버지가 돌아가시던 그해 날씨는 상당히 쌀쌀하고 추웠다. 그런데 아버지의 장례를 치르는 3일 동안은 날씨가 화창하여 봄날 같았다. 사람들은 이구동성으로 "좋은 일을 많이 하시고 덕을 많이 베풀더니 하늘이 알아보는지 날씨도 좋다."고 하셨다.

60세, 회갑도 되기 전에 위암 판정을 받은 뒤 여러 병원을 찾아다니며 수술을 두 번이나 하고 좋다는 단방약도 어렵게 구해서 해드렸건만 10개월을 고생하다가 사랑하는 가족을 두고 하늘나라로 가셨다. 아버지를 이대로 돌아가시게 해서는 안 된다는 마음으로 온 식구가 최선을 다했지만 끝내 암이란 병마에게 지고 말았다.

병에는 돈도 필요 없었다. 의술이 아무리 좋다고 해도 돈이 아무리 많다고 해도 건강은 돈으로 바꾸거나 살 수도 없는 것이었다. 아버지께서는 힘든 농사일과 연로하신 할아버지와 할머니, 그리고 우리 6남매를 엄마에게 맡기고 가족들의 슬픔과 주위 사람들의 애도하는 마음도 모른 채 꽃상여를 타고 나비처럼 훨훨 날아 뒷산 양지바른 선영에 고이 묻히셨다. 엄마는 아버지의 빈자리가 얼마나 크고 허전했을까? 우리 자식들 마음이 아무리 아프다 해도 엄마만큼 아프지는 않았을 것이다.

엄마는 마음이 여려서 눈물로 세월을 보내실 줄 알았다. 그런데 의외로 자식들 앞에서 눈물을 보이지 않았다. 이상할 정도였다. 엄마는 우리에게 "나는 아무렇지 않으니 걱정 마라. 너희 아버지가 돌아가시면서 내 눈물을 모두 가져갔다."라고 하셨다. 눈물로 세월을 보내실 거라는 상상을 깨고 우리가 보기에 엄마는 정말 아무렇지 않은 듯 잘 견디셨다. 굳이 엄마가 달라진 것이라면 그토록 바쁜 중에도 평소에 안 하시던 고사리를 꺾으러 뒷산에 자주 가시는 것이었다.

그로부터 3년 뒤 건강하던 할머니가 갑작스럽게 앓으며 식사량이 줄기 시작하더니 병원치료를 받았으나 결국 노환으로 돌아가셨다. 엄마가 더 걱정이 되었다. 홀로 된 며느리가 홀시아버지를 모신다는 것이 어디 쉬운 일인가? 작은아버지께서는 할아버지를 모셔 간다고 하셨다. 하지만 엄마는 큰며느리로서 도리를 못하는 거라며 할아버지께서 작은집으로 가시는 것을 원치 않았다. 할아버지 역시 잘살고 인정 많은 작은아버지이지만 엄마와 함께 사는 것이 편하다고 하셨다. 어쩔 수 없이 시골 넓고 큰 집에서 두 분이 살 수밖에 없었다.

우리 자식들은 항상 고생하는 엄마가 마음에 걸렸지만 엄마는 힘들고 귀찮은 내색을 전혀 하시지 않았다. 할머니가 돌아가신 뒤 할아버지께서 기력이 약해지면서 차츰 치매까지 오고 있었다. 할아버지가 이상해 보여 치매가 있는 것 같다고 하면 나이 드시면 그러는 거라며 걱정 말라고 오히려 우리를 위로했다. 엄마는 치매라는 생각을 전혀 하지 않았다. 날이 갈수록 할아버지의 치매가 심해졌다. 벽에 걸린 가족사진을 보고 이 사람들이 누구냐고 하기도 하고 남동생이 집에 가면 손자를 몰라보고 "뉘시오?"라고도 했다. 할아버지는 아들이며 손자들까지 전혀 알아보지 못했다. 건강하신 분을 모시기도 힘든데 치매로 엉뚱한 일을 벌이는 할아버지를 모시면서도 엄마는 힘든 표현을 한 번도 안 하셨다. 엄마 혼자 있으면 입맛이 없을 때는 식사를 거르기도 할 텐데 할아버지가 계셔서 꼬박꼬박 챙기니 좋다고 하셨다. 우리 자식들은 엄마 말을 믿었다. 할아버지는 할머니가 돌아가신 뒤 엄마와 10년을 함께 살다가 97세에 돌아가셨다.

할아버지가 돌아가신 뒤 혼자 계신 엄마가 외로울 것 같아 또 걱정이 되었다. 그때 엄마는 우리에게 이렇게 말씀하셨다. "쉬고 싶을 때 아무때나 다리 펴고 쉴 수 있고 가고 싶은 곳이 있으면 할아버지 식사 걱정 안 하고 갈 수 있어 너무 편하다." 하시며 자식들을 안심시켰다. 할아버지 때문에 외출이며 여행 한 번 제대로 못 하신 엄마였다. 엄마 말을 믿고 이제 마음대로 외출도 할 수 있으니 좋으시겠다고 생각했다. 엄마는 가끔씩 찾아오는 자식들을 바라보며 혼자 몇 년을 사셨다.

지난해에 우리 집을 리모델링하면서 집을 완전히 비워야 했다. 마땅히 살 곳이 없어 친정에서 한 달 동안 살기로 했다. 친정으로 가면서 엄마 혼자서 편하게 사시는데 우리 식구들이 우르르 몰려가면 귀찮지 않을까 걱정을 했다. 한 달 동안 친정에서 살면서 신경이 많이 쓰였다. 내가 일어나기도 전에 새벽에 일찍 일어나 식사 준비를 하고 이것저것 우리 식구를 위하여 맛있는 음식을 만들어 놓았다. 엄마를 힘들게 하는 것 같아 죄송했다. 엄마가 귀찮을까 봐서 서둘러 집을 고쳤다. 한 달 뒤 집이 새롭게 단장되어 우리 집으로 오게 되었다. 우리 식구가 집으로 오게 되면 엄마가 편하고 좋을 거라고 생각했다. 하지만 내 생각과 엄마의 생각은 달랐다. 지금까지 살면서 큰딸이 되어 엄마의 마음을 읽지 못했다는 것이 부끄럽다. 엄마가 서울에 사는 동생과 통화하면서 우리 식구들이 가고 혼자 있으니 허전하고 외롭다고 하셨단다.

엄마는 아버지가 돌아가신 뒤 왜 뒷산에 고사리를 꺾으러 자주 가셨을까? 그리고 치매로 아무것도 모르는 홀시아버지를 모시는 일이 어찌 힘들고 귀찮지 않았을까? 또 혼자 사시는 것이

어찌 편하고 좋기만 했을까? 자식들 앞에서는 강한 척 약한 모습을 보이지 않으려고 힘들 때면 아버지 산소에 찾아가신 것이다. 그때는 엄마가 고사리를 꺾으러 가는 줄만 알았다. 얼마 뒤에야 알았다. 엄마가 가끔 아버지 생각이 나실 때나 힘들 때는 고사리를 꺾으러 가는 척하고 아버지 산소에 가서 실컷 울고 오셨다는 것을. 엄마는 우리 자식들의 마음이 아플까 봐 아무렇지 않다고, 좋다고, 괜찮다고 거짓말을 하셨던 것이다. 나는 엄마 마음을 전혀 몰랐던 바보였다. 엄마가 힘들고 외로워도 모르고 살았다. 정말 엄마는 능숙한 거짓말로 우리 자식들을 다독이고 속인 거짓말쟁이다.

※ 2011년 5월 등단작

부모의 마음 자식의 마음

지난여름 집을 새롭게 단장하고 몇 가지 가구를 새것으로 바꾸려고 가구점에 들렀다. 남편과 함께 식탁이며 책상의 디자인을 견주고 있는데 그때 시집간 둘째 딸의 전화가 왔다.

"엄마, 뭐해요?"

"아빠랑 새 가구를 구경하고 있다."

안부 몇 마디를 묻고 전화를 끊었다. 조금 뒤 호주머니 속에 들어 있는 핸드폰의 진동이 느껴졌다. 방금 통화한 둘째 딸의 이름으로 50만 원이 내 통장에 입금되었다는 문자였다. 이어서 둘째 딸의 문자가 또 도착했다.

"엄마, 집수리하느라 수고 많으시지요? 집을 고치고 새 가구 들여놓으려면 돈이 많이 들 텐데 적은 돈이지만 보태 쓰세요."

출가한 지 1년도 안 되는 둘째 딸이 친정 집수리를 했다니까 무척 좋았나 보다. 직장생활을 한다지만 아직은 신혼이라 딸의 형편에 50만 원은 적은 돈이 아닐 텐데 망설임 없이 보내 주었다. 너무 고마워서 눈물이 핑 돌았다.

'딸아, 고맙다. 딸아, 고맙다.'

마음속으로 수없이 되뇌었다.

어쩌면 딸에게 받은 50만 원은 내게 그보다 더 큰 가치로 느껴졌다. 복권에 당첨된 것처럼 좋았다. 이보다 더 큰 행복은 없을 것이다. 방방 떠서 가구점을 돌아다니다가 문득 15년 전 아버지께서 입원하셨을 때 치료비로 드렸던 50만 원이 상기되었다.

그때 아버지는 당뇨로 오랜 동안 병원에 다니며 약을 복용하고 계셨다. 농촌 일에 파묻혀 살다 보니 이미 당뇨가 심해진 후에야 알게 되었다. 아니 아버지께서 몸이 이상하다는 것을 느꼈으면서도 바쁘게 일하느라 설마하고 망설이다가 결국은 살이 빠져 야위고 입이 마르는 등 증세가 심해진 뒤에야 병원을 찾았을 것이다. 수년 동안 병원에 다니면서도 당뇨 약만을 처방받아 드시고 위에서 암이 크고 있는 줄은 전혀 모르고 계셨다. 그러는 사이에 식사량이 줄고 소화를 시키지 못하여 체하는 것 같은 증상이 자주 있었다고 한다. 그러던 어느 날 의사에게 그 이야기를 했더니 그때서야 검사를 했는데 결과는 위암 말기라는 판정을 받았다. 나는 그때를 영원히 잊지 못한다. 하늘이 무너지는 것 같았다.

이제 아버지가 돌아가시는구나 하는 생각이 들 때마다 자꾸 눈물이 나서 남몰래 많이 울었다. 난생처음으로 가장 많이 울었던 것 같다.

서둘러 수술하게 되었다. 수술 날짜는 정해졌는데 당뇨 수치가 너무 높아 조절하기까지는 의료진도 애를 먹었다고 했다. 인슐린 주사를 연이어 꽂고 간신히 수술을 하게 되었는데 당뇨 때문에 다른 사람에 비해 회복이 늦어졌다. 어머니께서는 줄곧 아버지 옆에서 간호하고 나는 아버지께서 드실 부드러운 죽을 쑤고 어머니의 식사를 챙겨서 매일매일 병원을 오갔다. 내가 할 수 있는 일은 그것뿐이었다. 조금씩 좋아지는 아버지를 볼 때 너무 좋았다. 가족들의 정성으로 시간이 지나면서 아버지께서 많이 회복되셨고 드디어 퇴원할 날짜가 다가왔다. 바로 그때의 일이다. 남편은 장인의 병원비를 조금 드려야 하지 않겠느냐며 선뜻 100만 원을 내게 건네주었다. 우리 살림에 100만 원이라면 큰돈이었다. 나도 많이 드리고 싶었지만 살림살이라는 것이 어디 마음대로 되던가? 이리저리 앞뒤로 계산을 하며 50만 원과 100만 원을 놓고 많이 망설이다가 남편에게 제의했다. 50만 원만 드리면 어떻겠느냐고. 나는 정말 못난 딸이다. 자식에게는 계산도 없이 아낌없이 무엇이든 퍼주면서 아버지의 병원비 100만 원을 놓고 이렇게 망설였으니 말이다. 결국 50만 원을 봉투에 넣어 병원으로 갔다. 마음은 더 드리고 싶지만 당장 현실이 나를 못난 딸이 되게 했다. 마음이 너무 아팠다.

"많이 드리지 못해서 죄송해요."

누워 계신 아버지께 봉투를 내밀었다. 아버지는 고맙게 받으며 말을 잇지 못하셨다.

"하루도 빠짐없이 도시락 싸가지고 병원에 오느라 애를 썼는데……."

이윽고 퇴원하는 날이 되었다. 병원에 한 달 넘게 있다 보니 짐이 적지 않았다. 어머니는 아버지께 죽을 쑤어다 드렸던 우리 냄비며 찬그릇들을 보자기에 따로 싸서 내게 주었다. 아버지를 친정에 모셔다 드린 후 빈 그릇 보따리를 가지고 집으로 돌아왔다. 어머니가 깨끗이 씻어 물기 없이 주셨기에 제자리에 두려고 보자기를 풀고 냄비를 열었다. 그 속에 내가 아버지께 드렸던 봉투가 그대로 들어 있는 것이 아닌가? 순간 눈물이 왈칵 쏟아졌다. 나는 모자라게 조금 드렸건만 부모님의 마음이 냄비 속에 가득 들어 있었다. 많은 망설임 끝에 50만 원을 드렸는데 부모님께서는 마음만 받으시고 돈은 그대로 돌려주셨다. 망설였던 내 마음을 부모님은 알고 계셨을까? 내 마음을 들켜버린 것 같아 부끄러워 고개를 들 수가 없었다. 친정으로 전화를 했다. 먼 곳에서 들려오는 어머니의 목소리는 그날따라 옆에 있는 것처럼 더 가깝게 들렸다.

"엄마! 냄비 속에 이게 뭐야?"

난 더 말을 잇지 못하고 목이 메었다.

"너도 새끼들이랑 사느라고 힘들 텐데 정말 고맙다. 아직은 돈

걱정 마라. 아빠 치료 잘 받고 나을 수 있었으니 정말 다행이구나."

이쯤에서 나 자신을 돌아보지 않을 수가 없었다. 나는 둘째 딸이 준 돈을 돌려주지 않았다. 둘째 딸은 나처럼 망설이지는 않았을 것이다. 나도 언젠가는 우리 부모님처럼 이유를 만들어 둘째 딸에게 돌려줄 것이다. 지금도 나는 가끔 어머니께 용돈을 드릴 때는 높낮이를 놓고 망설일 때가 있다. 효심(孝心)이 부족해서일까, 아니면 욕심이 많은 못난 딸이라서 그럴까?

오리배미

모내기가 한창이다. 논에 물을 가두어 논바닥을 고르는 농기계 소리로 사방이 떠들썩하다. 경지정리로 넓고 반듯한 논이라서 몸집이 큰 농기계가 논바닥을 휘젓고 다닌다. 한 필지 정도는 한 시간도 채 안 되어 곱게 골라 놓고 빠져나온다. 농촌 일손이 턱없이 부족하다고 할 때가 엊그제 같은데, 이제는 농기계가 대신하여 농사일을 원활히 해나가고 있다. 젊은이들이 산업현장으로 빠져나가고 농촌 인력의 고령화는 어쩔 수 없는 문제였다. 이를 해결해줄 농기계의 출현은 농부들에게는 정말 다행이고 구세주를 만난 듯 좋은 일이다.

도시 변두리 농촌에서 이렇게 논과 이웃하고 살자면 도심에서는 상상도 못할 일이 있다. 이를테면 논은 개구리들의 놀이터다.

특히 밤이 되면 개구리들의 합창 소리가 요란할 정도로 들려오곤 한다. 예민한 사람은 밤잠을 설치겠지만, 나는 자장가로 들려 기분 좋게 잠이 든다.

일곱 살 미운 나이 때 '비가 오면 개구리가 우는 이유'에 대하여 아버지께서 이야기해 주셨다. 그때는 이해를 못하고 그뿐이었다. 그 뒤, 초등학교에 다니면서 동화책에서 〈청개구리의 울음〉을 읽고 그 이유를 이해하게 되었다. 아버지의 말씀 속에 숨은 의미 즉, 착하게 살라고 그 이야기를 해준 것까지도 알게 되었다.

그런데 시대가 변하면서 개구리도 변한 걸까? 모내기를 위해 물을 가두고 농기계로 평평하게 골라놓은 논이 포근하고 좋아서인지 요즘엔 밤하늘에 별이 반짝반짝 빛나는 날에도 개구리들이 무리를 지어 합창을 하곤 한다. 이렇게 개구리가 울 때면 철없이 아버지의 속을 무던히도 썩였던 어린 시절이 떠올라 죄송하기만 하다. 동쪽으로 가라고 하면 서쪽으로 가고 싶고, 남쪽으로 가라고 하면 북쪽으로 가고 싶었던 때가 내게도 있었다. 청개구리를 너무도 많이 닮았었나 보다.

'아버지! 죄송합니다.'

모내기철이 되면 아버지가 문득 그리워진다. 일손을 잠시 멈추고 논둑에 앉아 담배 연기 모락모락 내뿜으시던 모습이 생생하게 떠오른다. 농기계가 일찍 발달했더라면 고생도 덜하고 얼마나 좋았을까 싶다.

오리배미라고 부르는 논이 있었다. 배는 불쑥 나오고 목이 가느다란 오리를 닮아 오리배미라고 불렀다. 오리배미의 한쪽 모퉁이에서는 가뭄에도 쉬지 않고 사시사철 땅속에서 물이 샘물처럼 솟아났다. 별도로 도랑을 만들어 물을 졸졸 흘려보냈다. 그 시절 주된 식량이었던 보리를 늦가을에 갈아 수확한 뒤 벼를 심는 이모작 논이 대부분이었다. 하지만 오리배미는 토질이 맞지 않아 보리는 심지 못하고 오직 한 해, 한 번 모내기만 하는 푹푹 빠지는 수렁논이었다. 다른 논에 비해서 수확이 적은 논이었지만, 그렇다고 묵혀 둘 수도 없는 처지였다. 오리배미에 모내기를 하려면, 아버지는 며칠 전부터 논갈이와 써레질을 할 소에게 신경을 많이 썼다. 여물을 한 차례 더 주며 소의 머리를 말없이 쓰다듬어주셨다. 그때는 아버지께서 소의 머리를 쓰다듬어주는 의미를 알지 못했다. 40년이 지난 이제야 알았다. 아버지는 당신이 힘들 것보다 푹푹 빠지는 수렁을 오가며, 써레질을 할 덩치 큰 소가 더 안쓰러웠다는 것을. 지게에 써레를 얹어 등에 지며 소를 몰고 나가시던 아버지의 뒷모습은 평소의 모습과는 달리 가벼운 발걸음이 아니었다. 소도 오리배미로 일하러 가는 줄을 알았을까? 힘든 일을 척척 해내던 우리 집의 일꾼 소였는데, 걸음을 주춤거리며 눈은 껌벅껌벅 겁먹은 모습이다. 가기 싫어 버티고 있었다. 이럴 때는 '이랴! 이랴!' 호통을 치는 대신 '쯧쯧! 쯧쯧!' 혀를 차며 소고삐에 맨 줄을 소의 엉덩이에 대고 살살 흔들어 신호를 보내면 소통이 되어 소의 발걸음이 조금 빨라졌다. 아버지와

소는 말이 아닌 표정과 행동으로 소통하며 참 잘 통했다.

막걸리를 담은 주전자를 들고 울안 텃밭에서 딴 오이와 풋고추를 된장과 함께 챙겨 새참으로 내던 그날, 나는 아버지께서 힘들게 일하시는 모습을 논둑에 서서 물끄러미 바라보고 있었다. 아버지의 지친 모습은 내 마음을 아프게 했다. 바짓가랑이를 돌돌 말아 올렸지만 무릎 위까지 푹푹 빠지는 수렁은 그마저 소용없이 옷을 진흙투성이로 만들어 놓았다. 아버지의 모습은 그야말로 엉망이었다.

수렁에 푹푹 빠진 발을 한 걸음, 한 걸음 힘겹게 옮기며 써레질을 하시던 아버지는 등이 온통 땀으로 범벅이 되었다. 헉헉대며 써레를 끄는 소도 거품을 입가에 흘리며 커다란 눈을 껌벅껌벅 치켜뜨며 무척이나 힘들어했다. 아버지는 당신도 힘들 테지만 소가 무척이나 안쓰러웠던 모양이다. 그렇게 힘든 중에도 가끔 소의 엉덩이를 쓰다듬어 주셨다. 40년이 지난 지금도 그 모습이 또렷이 그려진다. 논둑에 서서 그 모습을 바라보던 나를 발견한 아버지는 곧 나갈 거라고 손짓으로 신호를 보냈다.

지쳐서 축 늘어진 몸을 논두렁에 부리고, 새참으로 가져간 막걸리보다도 담배가 더 맛이 있었던지, 진흙 묻은 손으로 담배부터 꺼내셨다. 아버지는 담배를 물고 뽀얀 연기를 내뿜으며 버거움을 긴 한숨으로 토해내셨다. 아마 힘겨운 아버지의 한숨에 땅도 함께 울었을 것이다.

장남으로서 한평생을 흙과 씨름하며 동생들과 당신의 자식 6

남매를 감당하기에는 무척 버거웠을 것이다. 산더미만큼이나 큰 짐을 지고 아버지는 흙과 함께 사셨으니 얼마나 힘이 들었을까? 하지만 그런 처지에 대하여 아무런 불만 없이 흙과 이야기를 나누며, 집안의 대소사를 다 해내셨다. 그런 분이기에 당신의 동생들과 자식들을 반듯하게 키우고 가르쳤다. 아버지는 형제들로부터 존경의 대상이고, 자식들로부터 때늦은 사랑을 받고 있다. 힘겨웠을 아버지의 그 마음을 알았는데 이제 아버지는 우리 곁에 아니 계신다.

저자를 소재로 쓴
다른 작가의 글

그녀는 예뻤다

김덕남

일방적으로 예정보다 한 시간 앞당겨 출발을 알렸다. 그녀의 집에 초대받은 문우 열두 명은 석 대의 차에 분승하여 농촌 마을 전미동으로 향했다. 늦은 봄 햇살이 온 동네에 가득한 스승의 날 점심나절, 철문을 열어놓고 화장도 미처 하지 못한 그녀가 집 앞에서 우리를 보고 반색하며 안으로 맞아들였다. 영 딴사람처럼 보이는 그녀의 민낯에 낯설어 나는 잠깐 멈칫했다.

"벌써 출발한다고요? 이제야 김치 담아 놓고 나물 준비하고 있는데, 어쩌지요? 알았어요. 어서 오세요."

나의 전화에 당황하던 그녀가 화장도 못하고 정신없이 시계만 보며 두서없었을 것 같아 미안한 마음이 들었다.

상추 쌈밥에 제비집 구경을 시켜주겠다 해서 모두 부담 없이 나선 길이었다. 그런데 그녀의 심성대로 일을 벌이고 있었던 모양이다. 직장 여인의 화장은 자존심이고 필수다. 조금씩 정도의 차이는 있겠지만, 돌아와 화장을 지운 여자의 얼굴은 다른 사람이 되어버리기 마련이다. 더구나 연예인 수준의 분장을 하던 여성이라면 더더욱 엉뚱한 모습으로 달라질 수 있다. 그녀도 우리에게 민낯을 보이고 싶진 않았을 텐데, 우리는 기습을 한 모양새가 되어버렸다.

손수 뜯어다 말렸다는 더덕, 고사리, 삿갓나물과 미나리, 들깨머위탕 그리고 작년 가을, 직접 쑤어 와서 문우들의 입을 호사시켰던 도토리묵 등, 자연 친화적인 온갖 음식들이 그녀의 손맛으로 준비되고 있었다. 어디 그뿐이던가. 홍어 삼합에 돼지등갈비김치찌개, 소고기뭇국, 시래기 된장 지짐 등 그야말로 산해진미였다. 주방에서 바쁘게 손을 놀리는 그녀의 민낯은 어느새 예쁜 그녀 본래의 모습으로 바뀌어갔다.

"바로 담가 먹어야 맛이 있어요."

"이따 가실 때 한 포기씩 싸 드리려고 많이 담갔어요. 열두 시 넘어 오시기로 해서 이것저것 준비하고 있었는데……."

막 담가 놓은 커다란 통 속의 김치가 아침 내내 부산했던 열기에 발그레해진 그녀의 볼처럼, 고춧가루로 발갛게 버무려져 맛깔스러워 보였다.

"이게 무슨 일이람? 손님을 초대해놓고 맘이 조급했을 텐데 무슨 여유로 이 많은 김치를 새로 담갔어?"

김치도 여러 종류가 식탁에 놓였다. 정갈한 밑반찬들이 입맛을 돋우었고, 내가 좋아하는 찰밥까지도 밥솥에서 뜨거운 김을 내뿜고 있었다.

잠시 밖으로 자리를 피해 준 그녀의 남편은, 내가 펼친 그 상에서 요즘 성서 필사(筆寫)에 열중하고 있는 것 같았다. 안방의 필기도구들을 한쪽으로 치우면서 나는 무릎을 꿇고 성호를 그었다. 여자 문우들이 상을 놓는 일에 모두 거들고 나섰다.

인정이 메말라 가고 이기적이고 편의주의로 내닫는 이 시대에 그녀의 정성과 따뜻한 마음은 도저히 흉내낼 수 없는 일이었다. 채반에 널려 있던 버섯과 또 다른 산채들은 알뜰살뜰하고 부지런한 그녀를 닮아 햇볕에 건강한 먹거리로 말라가고 있었고, 텃밭의 상추와 아욱도 푸르렀다.

요즘 시골집에서조차 보기 힘들다는 제비집을 구경할 명분으로 우리는 모처럼 나들이를 계획한 것이었다. 골고루 싱싱하게 가꿔 놓은 채소밭과 그녀의 집 현관 벽에 둥지를 튼 제비집을 카톡 사진을 통해 보면서 반가워하던 우리를, 교수님과 함께 초대하기에 이른 것이다.

그 제비는 그녀의 큰딸에게 행운을 가져다주었다. 네 명의 딸을 둔 그녀의 첫딸은 십여 년 가까이 고시원에서 적은 용돈으로 줄기차게 공부해 왔다고 한다. 행정고시 1차 시험에 합격하던 날, 제비는 길운을 안고 이미 그녀의 집을 선택했던 것이다.

착하고 성실한 흥부에게 큰 복을 주었던 제비는, 병석의 친정부모와 시부모를 봉양하며 효도를 다하고, 이웃에게 베풀며 살아온 그녀를 눈여겨보고 복을 주기로 선택한 게 아니었을까?

나는 그녀가 고백하기 전까지는 그녀의 글쓰기를 비롯한 많은 재능으로 보아 대학을 마친 여성으로 여겼었다. 그렇지만 그녀는 오십이 넘은 이제야 고등학교 공부를 시작하고 있다.

할아버지의 반대로 고등학교 진학 기회를 빼앗겼던 그녀는, 결혼하여 낳은 딸들이 모두 대학을 졸업한 뒤 한국방송통신고등학교에 진학한 것이다. 늦은 이 저녁에도 인터넷 강의를 들으며 졸리는 눈을 비비고 있는지도 모르겠다.

오늘 낮에 일터에서 그녀를 만났던 고객들은, 그녀의 해바라기 같은 미소와 인정에 끌려 모두 행복했을 게 틀림없다.

천사, 정성려 문우님의 민낯은 오늘따라 화장했던 얼굴보다 정말로 더 예뻤다.

△ 수필가 김덕남 씨는 《대한문학》으로 등단. 전북문인협회, 행촌수필문학회 회원으로 활동하고 있다.

행복감이 묻어나는 기발한 선물

김 학

"나는 행복합니다. 정말 정말 행복합니다."

2018년 2월 14일 수요일 신아문예대학 수필창작 강의 시간에 행복감이 묻어나는 기발한 선물을 받았다. 숟가락과 젓가락 한 쌍이다.

내가 이런 선물을 처음 받아본 것은 아니다. 두 며느리들이 시집 올 때 은수저를 마련해준 적도 있고 서울 압구정동에서 보석상을 경영하는 친척 동생이 은수저를 만들어준 일도 있었다. 이번에 받은 수저는 은제품은 아니다. 그런데 은수저를 받았을 때보다 더 기쁘고 행복하다. 나뿐만 아니라 이 수저 선물을 받은 수강생 모두가 나 못지않게 기뻐했다. 이 수저 선물을 준 정성려 수필가는 2018년 《전북도민일보》 신춘문예 수필 부문에서 〈누름돌〉이란 수필로 당선하여 기쁨을 안겨 주었다. 그런데 그 상금의 일부로 수저를 만들어 또 다른 기쁨과 행복을 건네준 것이다.

정성려 수필가가 이 사람 저 사람 수요반 문우들에게 배우자의 이름을 묻기에 축하해주어서 고맙다는 감사 인사장이나 보내려고 그러는 줄 알았다. 그런데 숟가락과 젓가락에 “늘 건강과 행복이 함께하소서 김학” 이렇게 부부의 이름을 따로따로 푸른색 글자로 새겨 넣어서 나누어 준 것이다.

그 수저로 식사를 하니 밥맛이 더 좋고 기분이 좋아서 그러는지 소화도 잘되는 것 같았다. 나는 이 수저 선물을 받고서 올해부터 아들과 딸, 며느리와 사위, 손자손녀에게도 이름을 새긴 수저를 만들어 생일 선물로 주면 좋겠구나 생각하기에 이르렀다.

정성려 수필가는 2년 전. 어느 신문사 신춘문예 수필 부문에서 최종 결선까지 올라갔다가 아쉽게 낙선한 일이 있다. 그때는 무척이나 안타까웠다. 그런데 포기하지 않고 다시 도전하다 보니 영광스럽게 이렇게 당선의 기쁨을 누리게 되었다. 얼마나 자랑스러운 일인가?

어쩌면 그때 당선했더라면 이 수저 선물은 2년 전에 받았을지도 모른다. 그러고 보니 모든 것은 때가 있는 것 같다는 생각이 든다. 이 수저 선물을 받은 사람은 물론 그들의 배우자들까지 덩달아 기뻐하고 행복해 하니 이보다 더 좋은 선물이 어디 있겠는가?

이 선물 때문에 우리 집도 경사가 났다. 이 선물을 받은 아내의 얼굴에는 웃음꽃이 활짝 피었다. 더불어 내 얼굴도 웃음꽃이 그려졌다. 무술년 설날 아침에 이 수저로 떡국을 먹는 아내의 모습을 보니 더 예뻐 보였다.

△ 故 김학(1943~2021) 수필가는 전북대평생교육원, 전주안골노인복지관, 전주꽃밭정이노인복지관 등에서 수필 첨삭지도 하였다.

고주아 作

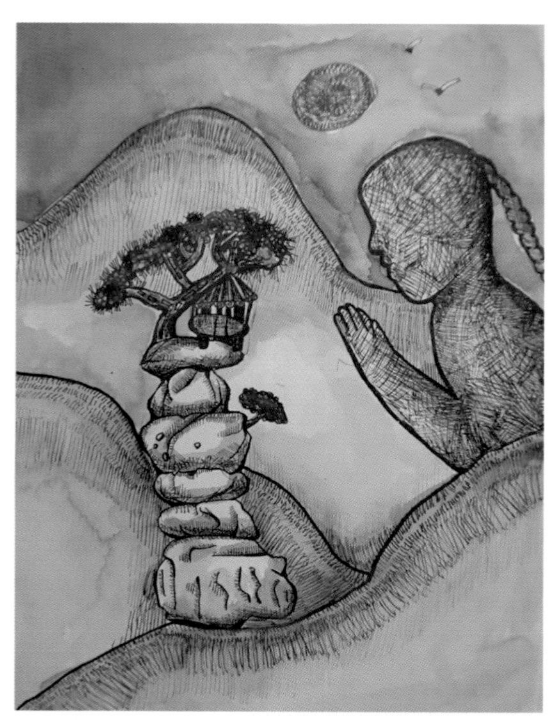

HP
LIBERTY